Ligações de uma Paixão

D. M. B.

Dados Internacionais de Catalogação na Publicação (CIP)
(Câmara Brasileira do Livro, SP, Brasil)

Duarte, M. B.
    Conto : ligações de uma paixão : livro 1 :
parte 1 / M. B. Duarte. -- Niterói, RJ :
Ed. do Autor, 2024.

    ISBN 978-65-00-81481-1

    1. Contos brasileiros I. Título.

24-210585   CDD-B869.3

Índices para catálogo sistemático:

1. Contos : Literatura brasileira   B869.3

Tábata Alves da Silva - Bibliotecária - CRB-8/9253

Sinopse

Selma é uma professora de sensibilidade ímpar, cuja vida muda drasticamente após um aparentemente casual encontro durante uma viagem. Nesse encontro, ela conhece Gerson, um homem de olhar enigmático e voz suave que rapidamente passa a ocupar as horas finais do dia, quando o mundo se aquieta e os sentimentos se intensificam. A partir desse momento, longas conversas telefônicas se transformam num delicado refúgio repleto de declarações intensas, devaneios e silêncios carregados de mistério.

Durante aquelas noites, Selma se entrega a um universo onde o real e o imaginado se confundem. Cada palavra de Gerson, dita com uma ternura envolvente, atua como um feitiço que a transporta para um reino de paixão e inquietude, desafiando-a a questionar os contornos do que ela sempre acreditou ser verdadeiro. Ao mesmo tempo, aquelas conversas despertam nela uma necessidade ardente de descobrir os segredos escondidos nas entrelinhas do amor, fazendo-a sonhar com o dia em que o toque, o olhar e o abraço se tornem tão palpáveis quanto as palavras que a embalam.

A narrativa, com uma escrita lírica e sensível, delineia um romance onde a paixão se apresenta como um enigma singular. Selma, dividida entre o encanto idealizado de Gerson – aquele que conheceu numa viagem transformadora – e a realidade não dita de sua própria existência, vive uma experiência emocional que incendeia o coração e, ao mesmo tempo, instiga a alma a desfazer os nós dos seus medos e incertezas. Cada diálogo é uma promessa de um caminho que, embora repleto de ambiguidades, é invocado pelo desejo de viver intensamente.

Enquanto o recesso do dia se funde com a melodia dos silêncios e dos suspiros, o leitor é convidado a se perguntar: qual é a verdadeira face desse amor? Serão as palavras um espelho das emoções mais autênticas ou apenas um véu que disfarça fragilidades e anseios? Um romance instigante, que mescla paixão e mistério, deixando em aberto a deliciosa dúvida sobre a essência que move o coração humano.

SUMÁRIO

Prefácio

Querido leitor,

Preparai-vos para adentrar um universo onde as fronteiras entre o real e o intangível se desvanecem em suspiros e silêncios. Em "Ligações de uma Paixão", cada palavra e cada pausa revelam o poder transformador dos sentimentos, enquanto um amor enigmático se faz presente nas horas tardias de conversas que parecem iluminar a alma. Aqui, a narrativa é um convite para ouvir os sussurros que se escondem entre as entrelinhas do coração, onde o desejo e a introspeção se entrelaçam em uma dança delicada e misteriosa.

Ao folhear estas páginas, você encontrará uma história que desafia as convenções do tempo e do espaço; um romance que não se prende apenas às aparências, mas que se revela através de diálogos intensos, de memórias tênues e do eco de um amor idealizado. A história de Selma e de um homem enigmático chamado Gerson (ou seria apenas um reflexo dos anseios mais profundos?) transcende os limites da razão, convidando-nos a questionar: o que é real e o que se esconde por trás de nossas mais intensas emoções?

Aqui, o amor é pintado com as tintas da paixão e do mistério, e a cada novo capítulo, o coração se vê desafiado a descobrir os segredos que o destino reserva. Convidamos você a deixar para trás os muros da certeza, permitindo que cada ligação, cada silêncio, se torne um universo a ser explorado. Que esta leitura acenda em você a chama da curiosidade e do sentimento, conduzindo-o por caminhos onde o impossível se torna palpável.

Capítulo 1 – Sussurros na Penumbra

Era uma noite em que o tempo parecia hesitar, como se o universo tivesse decidido pausar o incessante correr dos segundos para permitir que sentimentos profundos e inefáveis se revelassem. Nos recantos silenciosos de um quarto pouco iluminado, o telefone começou a tocar, rompendo o véu do silêncio e anunciando o início de algo que, para aqueles que o vivenciassem, ultrapassaria a lógica do ordinário.

— *Alô, quem fala?! Quem está falando, Gerson?!* — bradou uma voz feminina, carregada de uma mistura de ansiedade e de uma esperança quase inconsciente. A voz tremia como folhas ao vento, e o peso daquela pergunta parecia abrir um portal para memórias e sonhos há muito adormecidos.

Do outro lado da linha, uma resposta se fez ouvir com uma familiaridade que fazia com que o coração acelerasse e as emoções se misturassem num turbilhão:

— *Alô! Alô! Sou eu sim... Olá, Selma!* — respondeu uma voz masculina, serena e acolhedora, que carregava em cada sílaba a suavidade de uma brisa que toca o rosto em uma manhã de verão. — *Sim, sou eu quem fala, o Gerson. Como você sabe, sabia ou descobriu que era eu?* — acrescentou, com risos que transbordavam uma leve ironia, mas que também traduziam a certeza inexplicável de um encontro marcado pelo destino.

Selma, cuja alma sempre oscilara entre a doçura da menina e a intensidade da mulher, deixou escapar uma risada suave e melancólica:

— *Sensação e intuição, querido Gerson...* — disse ela, deixando a frase pairar no ar como uma provocação e um convite para o seu universo.

— *Por que, Gerson, te afastas de mim por tanto tempo?* — indaga Selma, com a voz carregada de incerteza, olhando para o vazio entre os momentos do quarto solitário.

— Gerson murmura com suavidade e mistério: *"— Selma, às vezes o silêncio se faz necessário, como uma pausa sagrada que permite ao coração redescobrir seus segredos. Essa distância não é um adeus, mas o recondicionamento de um amor que se renova – um espaço onde a essência persiste apesar da ausência. E talvez, nesta ausência, nos revelemos os segredos mais profundos – aquelas partes de nós que só a distância pode expor."*

— Selma, com um suspiro que mistura dor e desejo, questiona: *"— Mas essa pausa, Gerson, não transforma nosso reencontro num eco perdido? O que permanece nesse intervalo, senão a promessa velada de um reencontro?"*

— E Gerson, com um olhar que parece capturar as estrelas, responde: *"— O que permanece, minha amada, é o enigma de nosso amor – um sussurro atemporal que se revela apenas quando nos unimos novamente, com a força do agora."*

Quando o relógio marcava as horas tardias, e o mundo lá fora se despia em escuridão, suas conversas iam se tornando algo solene e quase sagrado. Era como se, na imensidão do silêncio da noite, cada palavra trocada ganhasse um peso especial, e o ato de falar se transformasse em uma prece – uma oração silenciosa que celebrava o que havia de mais eterno na alma humana: a capacidade de amar, de se doar e de encontrar, mesmo nas sombras, um pouco de luz.

"— Sinto que esta nossa conversa é como uma porta que se abre para um mundo onde sonho e memória se entrelaçam, preenchendo a escuridão com o cântico vibrante da esperança, — Afirma Selma, com certo ar esperançoso.*"*

— Gerson responde, com os olhos brilhando do outro lado da linha telefônica, e na intensidade do presente, diz*: "— Selma, cada palavra tua desperta em mim um sol que ilumina os recantos mais profundos da minha alma. Aqui e agora, nosso amor se revela como a luz que transforma cada instante em eternidade."*

As trocas de palavras foram rapidamente se transformando em algo mais que simples conversas; eram verdadeiros sussurros de um coração que ansiava por ser compreendido e que encontrava, na voz do outro, o eco de seus próprios sonhos. Cada palavra dita carregava um significado que ia além do literal. Havia uma profundidade que somente os corações que já sofreram e amaram conhecem.

— Gerson, nesta hora em que o silêncio se alonga, sinto a saudade se transformar em versos que embalam meu

coração; cada momento distante de ti é uma doce melodia de recordação, — proclama Selma, com os olhos úmidos de emoção.

— Gerson, com a suavidade de um afeto profundo, responde: *"— Selma, a saudade é a canção que meu coração entoa incessantemente, um lembrete de que mesmo na distância, a poesia de nosso amor permeia cada segundo."*

— E Selma, num sussurro quase indecifrável, acrescenta: *"— Então, é nesta melodia de ausência que encontramos a ponte entre o que fomos e o que ainda seremos."*

— Gerson conclui, com a convicção de quem conhece os segredos do tempo: *"— Sim, Selma, o silêncio se torna a nossa eterna ode, onde cada pausa se transforma em luz e cada ausência, num verso que nos une."*

— Querido Gerson, sinto que mesmo quando a noite se alonga e a sombra assoma, as centelhas de nosso amor permanecem acesas, pequenas luzes que jamais se apagam, — Sussurra Selma, com a intensidade de um amor que desafia o esquecimento.

O diálogo se fazia fluir como se já estivesse predestinado. A ligação era como um portal para um universo onde as barreiras se desfaziam e apenas aquilo que sentiam importava. — Gerson, com a ternura de um poeta, replica: *"— Selma, cada palavra tua inflama um fogo que desafia a escuridão; essa chama é a prova viva de que nosso amor é eterno, transformando o agora num poema incessante."*

— Selma, com um sorriso melancólico, pergunta: *"— Que essência é essa que nos mantém unidos, mesmo quando o mundo parece emudecer?"*

Enquanto o telefone transformava a escuridão em um palco de emoções, as vozes dos dois se fundiam num ritmo harmonioso que parecia desafiar as barreiras do tempo. Lá fora, as estrelas cintilavam silenciosamente, como testemunhas de um reencontro que se dava nas profundezas do desejo e da memória. Selma sentia que, cada vez que ouvia a voz de Gerson, algo em seu ser se despertava – como se ela fosse, de alguma forma, feita de partes do próprio universo, e que aquele diálogo era a chave para abrir um portal para um novo horizonte.

— E Gerson, com um brilho enigmático no olhar, respondeu para Selma: *"— A essência, minha doce Selma, reside na pulsação de nossos corações – como estrelas que, mesmo distantes, brilham juntas, iluminando os caminhos onde o amor se faz imortal."*

O diálogo já se tornava poesia, cada palavra uma pincelada em um quadro de sentimentos inclassificáveis. Ainda naquele instante, as dúvidas da existência se dissipavam pelas ondas sonoras, e o temor transformava-se em aconchego por meio de conversa íntima:

— *E aliás, está tudo bem com você, minha cara e estimada Selma?!* — indagou Gerson, num tom que combinava preocupação sincera e um afeto que parecia transcender o espaço.

— *Sim, Gerson, meu também estimado... Tudo ótimo!* — respondeu Selma com uma leve risada que se misturava ao alívio, mas também carregava o eco de uma saudade latente. — *Que bom falar com você, Gerson. Quanto tempo...! Comigo está tudo bem mesmo! E com você?*

— *Sim, comigo também está tudo bem, Selminha...* — completou o homem, usando um diminutivo carinhoso que fazia o coração de Selma bater um pouco mais forte, como se cada sílaba fosse um afago.

O começo dessa ligação parecia uma celebração improvisada de sentimentos, e as palavras que trocavam marcavam o início de uma conexão profunda e enigmática. Entre risos e declarações, Selma iniciou uma reflexão que só poderia ser compreendida na plenitude de sua intuição:

— *Gerson, quanto a saber ou descobrir que era você, quando você me perguntou, e eu não esqueça, até porque mulher dificilmente esquece das coisas... Talvez eu diria que senti que era você. Foi uma mera intuição, um acaso – ou, quem sabe, já estava em minha mente antes mesmo de me tornar consciente disso. Entendeu?* — disse ela, num tom brincalhão, mas imbuído de um significado que se perdia nas entrelinhas do destino.

Gerson respondeu com a suavidade de quem já havia lido a alma alheia em silêncios ancestrais:

— *Hum, compreendi, nobre e estimada Selma. Você tem uma intuição extraordinária, querida – verdadeiramente sagrada em sua essência.* — respondeu Gerson, cujas palavras soavam como uma prece, uma afirmação de que o amor e os sentimentos não se limitam ao óbvio, mas se escondem nas entrelinhas dos silêncios.

Selma acenava, com um sim mais profundo da sua alma. Em seu tom, havia a leveza de uma menina que ainda acreditava na magia do encontro, mas também o peso de uma mulher que já conhecera a complexidade do amor.

— Acho que, às vezes, sensações e sentimentos falam mais do que palavras, não acha, querido Gerson? — perguntou ela, buscando na outra voz um espelho que refletisse suas próprias confusões.

— Concordo plenamente, Selma. Talvez as atitudes, os gestos silenciosos e a própria maneira de se conectar seja algo que ultrapasse a razão. Nossos corações, quando se tocam, não precisam de explicação; eles simplesmente se reconhecem. — declarou Gerson com convicção, sua voz acariciava cada palavra como se afirmasse que a verdadeira compreensão se dava no silêncio que vinha depois da fala.

Entre risos e declarações, um universo de reflexões filosóficas e emocionais se desdobrava. Selma, com seus sentimentos intensos, manifestava como a dualidade em sua essência – ser menina e ser mulher ao mesmo tempo – a fazia sentir o amor de maneira singular. Ela dizia, entre risos descontraídos:

— Sabe, Gerson, talvez seja verdade o que dizem sobre a intuição feminina. Eu sinto que essa nossa conexão transcende o simples ato de conversar. É como se cada palavra que trocamos fosse uma pequena revelação do que a alma pode sentir, algo que vai além do intelecto. Diferente dos homens, que muitas vezes se perdem nas suas próprias construções, nós, mulheres, somos feitas para sentir, para nos doar com intensidade.

— Nobre Selma, permita-me dizer que cada palavra sua acende em mim uma chama de admiração. Você, com sua sensibilidade única, transforma cada encontro em um espetáculo de emoções. Suas reflexões me tocam profundamente; sinto que estamos conectados por algo que vai muito além das palavras trocadas nesse telefone.

Selma, emocionada e visivelmente tocada, replicou com o calor de uma alma que se entrega sem reservas:

— Ah, Gerson! Que lindo isso... Sinto que, quando conversamos, o mundo inteiro se revela em cores tão vivas que até os dias mais cinzentos se tornam repletos de luz. Você me faz sentir viva, me inspira a ser mais... a sonhar com universos que só o amor pode criar. Às vezes, penso que os encontros acontecem por uma razão que só o destino sabe explicar.

Os minutos se transformavam em horas enquanto os dois navegavam por esse mar de sentimentos, onde cada onda era um fragmento da existência compartilhada. O som do telefone tornava-se uma ponte entre o real e o onírico, e cada risada, cada pausa, reverberava como a nota final de uma sinfonia de amor.

A noite seguia com o som distante de uma velha canção, talvez vinda de algum rádio que tocava suavemente no fundo, como se o universo quisesse acompanhar a melodia das vozes que se entrelaçavam. E, enquanto a noite se fechava lá fora, dentro daquele pequeno universo telefônico, o amor e a poesia se faziam presentes em cada riso, em cada suspiro.

Gerson não poupava elogios, respondendo com um brilho sincero em sua voz:

— *Querida Selma, você é um verdadeiro poema. Suas palavras, suas reflexões, tudo nelas me inspira a buscar o que há de mais puro no amor. Você faz com que cada ligação se torne uma obra única, em que a emoção se faz presente sem adornos ou artifícios. É como se, ao som da sua voz, o universo conspirasse para acender uma luz que ilumina até os recantos mais sombrios do nosso ser.*

Durante os diálogos, as reflexões sobre o que é o amor, o que constitui a essência da intimidade humana, e como as percepções e intuições moldam nossos destinos, iam se sucedendo com a naturalidade de um rio que, mesmo serpenteando, nunca perde sua essência. Gerson e Selma adentravam juntos uma conversa que era, ao mesmo tempo, leve e densa, uma dança sutil entre o tangível e o imaginário.

Em meio àquela troca apaixonada, o tempo parecia se dilatar. A conexão entre os dois se intensificava a cada nova declaração. Era como se, no espaço entre uma fala e outra, se escondesse um universo de sentimentos indescritíveis. Selma falava sobre seus sonhos, seus medos e até as nuances de sua existência, enquanto Gerson, com sua calma inabalável, compartilhava percepções que soavam como a melodia de uma canção esquecida.

— *Eu me pergunto se o amor não é uma loucura do coração – uma loucura tão bela que nos leva a agir sem pensar, a libertar cada emoção sem o peso da razão.* — confidenciou Selma, a voz trêmula revelando tanto cansaço quanto a beleza de sentir sem limites.

— Sim, Selma, o amor tem uma lógica própria, uma verdade que se esconde nas entrelinhas dos momentos em que os corações se encontram. Não precisamos decifrar cada nuance, basta deixar que a paixão nos conduza, como um rio que segue seu curso sem jamais se questionar sobre o caminho. — respondeu Gerson, em um tom que era quase uma meditação, uma afirmação de que o sentimento era maior do que a razão.

No decorrer daquela noite, enquanto o mundo lá fora se preparava para o repouso, dentro do seu universo todas as conversas eram um hino à possibilidade do amor. Selma e Gerson dialogavam sobre tudo: sobre a efemeridade dos reencontros, sobre a profunda beleza dos pequenos gestos, e até mesmo sobre as contradições que a alma humana abriga. Em um desses momentos de silêncio, Selma ousou dizer:

— Gerson, às vezes me pego pensando se, de verdade, o amor é algo que transcende o palpável – se ele não seria, afinal, o mistério maior que nos mantém vivos, mesmo quando tudo ao nosso redor parece desmoronar?

Gerson respondeu com uma voz que oscilava entre a ternura e a convicção:

— Minha querida Selma, acredito que o amor é o nosso refúgio. É a chama que desafia o frio do tempo e as incertezas do destino. Talvez não possamos compreender todos os seus mistérios, mas sei que ele existe e que, enquanto tivermos coragem de sentir, nada poderá nos apagar.

O diálogo ganhava forma, e as palavras dos dois se entrelaçavam como se fossem os acordes de uma música mágica, onde cada nota celebrava a força transformadora do sentimento. Selma se via imersa num redemoinho de emoções – cada riso, cada sussurro, cada pausa parecia recitar um verso do que seria um grande poema sobre o amor e a vida. Ela, que sempre fora capaz de enxergar beleza até nas sombras, encontrava em Gerson uma companhia capaz de iluminar os recantos mais obscuros de seu coração.

As palavras fluíam com naturalidade e, ao mesmo tempo, com um rigor poético que fazia com que cada frase se transformasse em uma obra de arte emocional. A conversa se tornava um diário de sentimentos, onde o amor e a esperança se fundiam com dúvidas e questionamentos existenciais. Por entre os risos e as confidências, as duas almas, embora distantes no espaço físico, aproximavam-se de maneira quase mística.

Selma: "Gerson, sinto que esta ligação é como um sussurro do destino. Cada palavra tua se revela como se abrisse uma porta para um universo onde sonho e memória se entrelaçam, preenchendo a escuridão com um cântico vivo de esperança."

Gerson: "Selma, tua voz acende em mim um sol que desperta segredos há muito adormecidos. Cada palavra tua ilumina os recantos mais profundos da minha alma, como se, neste instante, o destino nos convidasse a viver um amor que é eterno e sutil, um encontro de almas no agora."

A conexão entre Gerson e Selma parecia transcender o simples ato de conversar. Os diálogos entre eles revelavam não apenas o encanto de uma paixão nascente, mas também a profundidade das experiências vividas. Selma falava de seus dias de incerteza, de sua luta interna entre ser menina e mulher, enquanto Gerson, com uma sabedoria que parecia vir de experiências passadas, compartilhava suas percepções sobre as nuances da vida. Cada conversa era, então, um espelho onde as duas almas refletiam desejos reprimidos, medos ocultos, e uma ânsia de ser verdadeiramente compreendida.

A conversa reprisava-se em momentos em que não havia pressa, onde as palavras eram ditas sem temor, como se cada silêncio fosse uma oportunidade para um novo verso de um poema inacabado. Havia uma cadência nos diálogos que lembrava os ritmos da natureza – um ciclo eterno de encontro e despedida, de início e de fim. Mas, para Selma, aquele era apenas o começo de algo que a fazia sentir-se viva, mesmo que os contornos da realidade se desvanecessem lentamente na névoa de suas emoções.

Enquanto as horas passavam, a conversa seguia em um ritmo gentil. Selma e Gerson discutiam sobre as nuances da existência, sobre como os encontros – mesmo que aparentemente casuais – podem mudar tudo. Em meio a risos suaves, Selma conclamava:

— *Você sabe, Gerson, sinto que esse nosso diálogo é o reflexo de algo muito maior. Não importa se é apenas uma série de palavras trocadas; há uma verdade escondida em cada sílaba, um sentimento que só os corações intensos conseguem decifrar.*

Gerson replicava, com uma fé quase palpável:

— *Exatamente, Selma. Cada palavra sua aqui, ou nossa, são um passo no caminho que nos conduz a um entendimento maior. Talvez o amor seja exatamente isso: uma mistura de loucura e razão, de sorrisos e lágrimas, onde cada instante é único e insubstituível. E o entendimento e aquilo que buscamos de maior durante toda a nossa vida e existência, seja exatamente isso, o amor, amar e ser amado.*

As vozes que se encontravam naquela ligação eram como pinceladas de emoção que coloriam o vazio de um universo que Selma desconhecia. Naquele instante, o que restava não era apenas o som de palavras, mas a essência de um coração que se abria a cada novo suspiro.

Enquanto a noite avançava, as vozes se tornavam mais suaves, mas igualmente intensas. Entre um elogio e uma piada, as palavras se entrelaçavam formando um tecido invisível, que sustentava o peso dos desejos e das esperanças. Ali, no refúgio das chamadas telefônicas, as almas se encontravam e se desnudavam, revelando os segredos de corações que já conheceram tanto amor quanto dor.

Nunca se pode saber ao certo o que o destino reserva, mas, naquele instante, Gerson e Selma sabiam que suas almas já haviam se tocado de forma irrevogável. Cada risada, cada pausa, cada elogio – por mais simples que parecesse – era uma confirmação de que, em meio ao caos do mundo, havia um espaço reservado para o amor e para as mais belas nuances da existência.

Porém, a beleza desse começo residia justamente na sua simplicidade aparente e na profundidade que se escondia atrás de cada palavra dita ao telefone. Enquanto as vozes se entrelaçavam, os suspiros e risos preenchiam o espaço, e o destino, silenciosamente, traçava as linhas de uma história que seria lembrada para sempre como um hino ao amor e à capacidade de sonhar mesmo nas horas mais sombrias.

Quando a noite, envolta em um silêncio que parecia ter voz própria, se aprofundava, Selma sentiu que aquela conexão era algo além do que as palavras poderiam descrever. O telefone, agora seu confidente silencioso, era a ponte entre dois mundos: o dela, onde a realidade se misturava com a fantasia, e o dele, onde o amor se fazia presente na forma mais pura e serena. Era como se cada nova ligação fosse a promessa de um recomeço, de um universo novo em que os sonhos eram reais e a paixão, incontida.

E assim, enquanto a noite se aprofundava e as estrelas cintilavam lá fora como guardiãs dos segredos, Selma permitia que cada palavra de Gerson ecoasse em sua mente. Ela esquecia, por um breve momento, os medos e as incertezas que habitavam seu ser. Em seu mundo de sonho e delírio, aquela conversa transformava-se num bálsamo que aquecia sua alma, revelando o quanto o amor e a poesia podem ser poderosos mesmo em meio à solidão.

Enquanto a última nota daquela ligação se esvaía no silêncio da noite, Selma sentia que algo se iniciava. A intensidade do amor que se formava por meio daquele diálogo era ao mesmo tempo reconfortante e enigmática – uma semente plantada no fértil solo de suas emoções, pronta para florescer em um país de esperanças infindas.

Selma, com o coração repleto de sussurros e a mente vibrando com as melodias de um amor que parecia impossível de se explicar, guardava a certeza de que uma nova ligação, talvez seria um degrau a mais na escada dos seus sonhos. E enquanto os ecos daquele diálogo permaneciam no ar, a promessa de um destino intimamente tecido pela paixão e pelos segredos do coração fazia o tempo parecer suspenso, aguardando apenas o próximo suspiro, a próxima palavra, o próximo encontro. Ou reencontro...

Capítulo 2 – Ecos do Entardecer

A luz suave do amanhecer invadia a pequena sala da casa de Selma antes mesmo que ela despertasse completamente. No entanto, seus pensamentos já percorriam os recantos de uma noite anterior. Ainda com os ecos da ligação distantes em sua mente, Selma levantou-se lentamente, como se cada movimento fosse uma dança delicada entre a realidade e os sonhos que a acompanhavam desde que aquele estranho diálogo com Gerson começara.

Sentada à beira da cama, com a roupa aos poucos vestida, ela fitava a janela: os primeiros raios de sol pintavam de dourado as folhas de uma árvore e o horizonte se abria como uma promessa.

Selma era professora; seu dia se iniciava com o aroma de café fresco e a expectativa de compartilhar conhecimento com mentes ávidas por aprender. Contudo, mesmo sentada à mesa de café da manhã, sua mente vagava para aqueles momentos etéreos – os diálogos que flutuavam pela linha telefônica e que tocavam seu coração de forma inexplicável. Ela lembrava, com clareza, do sorriso na voz de Gerson, das declarações que soavam como declarações de amor antigas e, ao mesmo tempo, futuristas, como se o destino se resgatasse nas entrelinhas de cada palavra.

Ao chegar à escola, Selma caminhava pelas ruas, cada passo marcado por uma inquietação doce. Ela passava pela praça onde crianças corriam e pessoas conversavam, mas seus olhos estavam distantes, como se procurassem algo que só ela conhecesse – um presente ou uma memória que habitava aquelas horas silenciosas da noite.

Durante a aula, enquanto falava sobre literatura e as nuances do romantismo nos clássicos, seus pensamentos se perdiam em flashbacks. Em meio a uma explicação sobre a obra de Camões ou de Pessoa, ela recordava a suave voz de Gerson, que, apesar da distância, parecia tão real quanto o perfume das flores na primavera. Cada palavra trocada durante aquelas ligações noturnas era como uma estrofe que se inscrevia em seu íntimo.

As lições que ministrava preenchiam a sala com conhecimento e emoção. Os alunos a escutavam com atenção, mas para Selma, o mundo era bem maior do que aquelas paredes. Ela via nas janelas um convite para fugir dos limites do tempo e do espaço, onde cada voz que ecoava em sua memória era um lembrete da existência de um amor profundo e enigmático. Em certos momentos, enquanto analisava um poema ou discutia conceitos de filosofia, ela se pegava murmurando sozinha:

— "É como se o amor fosse uma melodia que se revela na penumbra da noite... cada palavra, cada silêncio, é um verso que o destino escreveu para mim."

Os alunos não percebiam que, entre as linhas de sua explicação, havia um universo de sentimentos e reflexões quase místicas. Selma, apesar de sua postura serena e dedicada, carregava consigo uma inquietação que a impulsionava a refletir sobre o verdadeiro significado da paixão e do encontro entre almas.

Durante o intervalo, Selma saiu para o corredor da escola e buscou um momento de solitude. Encostada na parede fria, ela fechou os olhos e sentiu que a calma do dia contrastava com o fervor da noite passada – aquela em que Gerson ligara e cada palavra trocada era uma promessa silenciosa. Um leve sussurro de memórias a fez reviver aquele contato espontâneo, onde a voz dele fora calorosa, e as trocas se transformaram num verdadeiro ato confessional de amor e poesia.

Enquanto caminhava pelos corredores da escola, Selma fixava os detalhes do ambiente: os quadros que decoravam as paredes, o murmúrio dos colegas, o aroma de livros e o som distante de passos apressados. Tudo parecia determinado a reconstituir, de maneira sutil e natural, a sensação de que o mundo estava em constante movimento – e, ao mesmo tempo, que havia momentos em que o tempo se enrolava num suave manto de sedução e mistério.

Enquanto Selma avança pelos corredores silenciosos da escola, cada passo é como uma batida do seu coração, ressoando e reverberando a doce melodia de um passado que insiste em se fazer presente. Naquele instante, a voz de Gerson — suave, quase etérea, da ligação da noite anterior — invade sua mente e a transporta para um tempo onde os detalhes se destacam com vívida intensidade. Ela se recorda do dia em que seus caminhos se cruzaram, naquele salão modesto de um hotel, durante uma viagem que parecia ter sido tecida pelos fios do acaso. Lá, entre sorrisos compartilhados e olhares que desnudavam a alma, o encontro se transformou num instante mágico: um breve relacionamento, intenso e arrebatador, que se consumiu com a paixão fugaz, mas que deixou em Selma a impressão indelével de algo sublime e inefável. Nesse misto de lembrança e anseio, o desaparecimento repentino de Gerson se torna um enigma que pulsa em cada recanto de sua memória, deixando-a com a inquietante sensação de um amor interrompido prematuramente.

Agora, envolta na rotina do presente, enquanto o tique-taque da escola se mistura à brisa suave do amanhecer, Selma se perde em devaneios que a levam de volta àquele instante roubado pelo tempo. A ligação inesperada é como uma chave que destranca as portas de um passado sedutor e misterioso, onde cada palavra de Gerson era um convite para explorar os recantos mais secretos do coração. Cada flash de memória — os risos tímidos, os gestos sutis e os olhares que falavam mais que qualquer palavra — se funde num mosaico de emoções que desafia a lógica e a razão. Ela sente que o amor que ela viveu, por efêmero que tenha sido, permanece aceso, como uma chama que resiste à escuridão do abandono e do tempo. E, nesse entrelaçar de lembranças e sentimentos, Selma se permite acreditar que talvez, por entre as dobras do destino, esse romance interrompido possa, um dia, renascer com a força dos sussurros que continuam a ecoar em seu íntimo.

Ao final da manhã, o dia prosseguia com seu ritmo habitual, mas Selma carregava consigo uma intensidade diferente – uma sensação de que as palavras ditas ao telefone, formavam um ritual que a fazia repensar a própria existência. Mesmo enquanto se dedicava à profissão e ao ensino, cada memória, cada troca com Gerson, continuava a moldar seus pensamentos, como se o seu coração estivesse dividido entre o universo das aulas e o cintilar distante de um amor onírico.

No recesso, enquanto os alunos se dispersavam e as conversas se transformavam em murmúrios apressados pelos corredores, Selma retirou de sua bolsa um pequeno caderno. Nele, anotava discretamente as frases que, sem aviso, pulavam à sua mente durante aquela ligação noturna. Eram recortes de sonhos e reflexões – trechos que não se encaixavam nas explicações formais que ela ministrava na sala de aula. Ali, em letras delicadas, ela escrevia:

> "A ligação de Gerson é como um verso solto cantado pela lua. Seu riso transforma a noite num carnaval de sentimentos, onde o tempo se curva e a alma se desnuda para revelar segredos que só o amor pode compreender."

Essas anotações eram sagradas para ela, um diário íntimo onde escondia desejos, medos e uma paixão que parecia iluminar até os momentos mais escuros. Selma sabia que para o mundo exterior, ela era apenas uma professora dedicada; porém, em seu íntimo, aquela ligação telefônica e a possibilidade de reativação de seu relacionamento, eram na verdade, uma porta aberta para um universo paralelo – de sentimentos e escuridão misturados, onde o amor e a ilusão se inextricavelmente uniam.

Quando a tarde avançava, e o sol começava a declinar, a expectativa tomava conta novamente. Selma aguardava ansiosa a hora em que o relógio marcasse o início de um novo ritual: a ligação telefônica que ela sabia que ocorreria após as 22h, já que este havia sido o combinado entre ela e Gerson. Esse ritual, carregado de simbolismo, era o privilégio de encerrar o dia com palavras que desafiam o vazio e reacendem a chama do que há de mais íntimo: a esperança e o amor.

Nos momentos finais do dia, enquanto o burburinho dos alunos se dispersa e o mundo lá fora se acalma lentamente,

Selma deixa que seu olhar se perca por instantes, permitindo-se entregar ao recolhimento dos sentimentos.

Cada passo nos corredores ecoa como uma lembrança suave, e ela fecha os olhos para se conectar com aquela sensação íntima que lhe sussurra segredos do passado. Em seu íntimo, o telefonema que recebeu é mais do que um simples contato; é uma conexão transcendente com alguém que, de algum modo, adentra os recantos mais profundos de sua alma. Ao mesmo tempo, enquanto as primeiras estrelas começam a pontuar o céu crepuscular com seu brilho tímido, uma expectativa quase palpável a invade, anunciando que o telefone poderia tocar a qualquer instante e transportá-la novamente para um universo onde as palavras de Gerson se entrelaçam delicadamente com os fios do destino.

Ela sente, com toda intensidade, que cada timbre, cada pausa, é um convite a reviver aquele momento singular — o encontro num salão modesto de um hotel, em uma viagem que lhe parecia um sonho efêmero. Lá, entre risos contidos e olhares que diziam mais do que os murmúrios do tempo, surgiu um romance que, embora breve, cravou em seu coração a marca de uma paixão que desafiava o tempo e a razão.

A ideia de que aquele relacionamento, interrompido de maneira inexplicada, poderia agora ser reconstruído pelas palavras sussurradas e pela magia de um reencontro, transforma cada segundo em um compasso ritmado por uma doce melodia de esperança.

Em seu caderno, ela registrava novas anotações:

> "Gerson me fez acreditar que, mesmo quando a escuridão se abate, há uma luz que resiste. Sua voz é o murmúrio do universo, sua palavra, um feitiço que transforma o banal em poesia. Em suas palavras e ligação, sinto como se o destino se desenhasse de forma oculta, criando trilhas de paixão que me guiam e me desafiam a acreditar no impossível."

Essa escrita, repleta de metáforas e reflexões filosóficas, era o espelho da sua alma. Selma, que se via dividida entre a razão do cotidiano e as emoções avassaladoras que lhe invadiam os momentos noturnos, transformava cada palavra em um hino silencioso de amor e redescobertas.

Enquanto a noite avançava, o relógio marcava a hora exata que anunciava a chegada daquele reencontro sagrado. Em sua mente, o telefone cintilava como um farol à espera de ser tocado. Ela se preparava para mais uma ligação. Era como se o universo reservasse essas horas para revelar segredos, para fazer com que o amor se manifestasse nas entrelinhas daquelas noites.

Capítulo 3 – Entre Sombras e Promessas

O crepúsculo de mais uma noite se transformava em um cenário onde a realidade parecia se dissolver nas brumas suaves da imaginação. Após as luzes tênues do entardecer e os últimos suspiros de um dia repleto de reflexões, o ansiado momento que Selma tanto aguardava, se vem: a ligação de Gerson, logo após as 22h, era aguardada com o coração palpitante. Aquela hora – repleta de mistério e de uma promessa silenciosa – era o ponto em que os mundos de Selma e de Gerson se encontravam para tecer novas declarações de amor, dúvidas e sonhos.

Na penumbra do seu pequeno apartamento, Selma acomodava-se perto da janela, onde a luz mortiça da lua se filtrava timidamente. Seus olhos recorrentes buscavam abrigo nos detalhes da noite, enquanto o aparelho telefônico, testemunha discreta daqueles momentos, vibrava com a expectativa de um novo encontro. Ela sabia, no íntimo, que aquela ligação era como um feitiço lançado pela voz de Gerson – uma melodia que a convidava para um universo onde as palavras eram mais que simples sons; eram declarações de amor, promessas e segredos. E resgates de seu relacionamento e sonhos com ele interrompidos pelas intempéries da vida.

Em poucos instantes, o telefone tocou. Com mãos trêmulas, Selma atendeu o chamado. Do outro lado, a voz de

Gerson surgiu com a mesma serenidade habitual, mas carregada de uma nova intensidade.

— Boa noite, minha doce Selma – disse ele, com um tom que, mesmo através da distância, parecia acariciar a alma dela.

Selma, com a voz embargada de emoção e os olhos brilhando com a luz de um sentimento que a fazia quase flutuar, respondeu:

— Boa noite, Gerson... É sempre um alento ouvir você. Essas horas tardias são meu refúgio, meu momento de deixar que as suas palavras saneiem a minha alma.

— Minha doce Selma, cada palavra que escapa da tua voz ressoa em mim como o eco de um encontro que o tempo jamais conseguiu apagar. Saber que, nestas horas tardias, onde as sombras da noite se mesclam com os nossos segredos, tu encontras refúgio e consolo, transforma este instante em um santuário onde a esperança e o mistério se entrelaçam. — Sinto que o nosso silêncio carrega a promessa de um reencontro etéreo, onde a ausência se dissolve e se converte numa tensão apaixonante, quase palpável, que desafia o espaço e o destino. Cada pausa entre nossas palavras é como uma estrela cadente, fugaz, mas carregada de desejo, anunciando que o universo insiste em nos conduzir para um novo começo repleto de revelações. — Diga-me, Selma, não te impressiona a ideia de que a magia desta noite é apenas o prelúdio para um amor que se recusa a se extinguir? Permita que nossos corações se deixem levar por esse enigma delicado, onde cada silêncio guarda um verso não escrito e cada suspiro esconde um segredo de eternidade. Que o nosso diálogo, tão profundo e envolvente, transforme o tecer dos dias num hino de paixão que desafia todas as certezas, conduzindo-nos a um território onde o impossível se torna irresistivelmente real.

Enquanto Gerson falava, selava seus pensamentos num tom que mesclava poesia e declarações singelas. Suas palavras davam a impressão de que o mundo exterior era apenas um pano de fundo para aquele encontro íntimo. Para Selma, o som dele era como se o universo inteirasse seu segredo, trazendo à tona sensações que ela nunca imaginara serem possíveis revivê-las.

— Sabe, Selma, tenho pensado muito sobre o que você disse naquela última conversa – revelou Gerson, pausando como se cada palavra precisasse de um tempo para se consolidar –, que as sensações e as intuições não são meramente coisas que se sentem, mas que constroem um caminho, um destino onde cada silêncio tem o seu valor.

A voz de Selma tornou-se suave, misturando o riso contido à seriedade dos pensamentos que fervilhavam em seu íntimo:

— É verdade, Gerson. Às vezes, quando fecho os olhos, sinto que cada palavra sua constrói um universo onde o amor se faz presente, onde as dúvidas se transformam em versos e cada pausa é um convite para acreditar que o impossível pode ser alcançado.

Ela recordava, com uma nostalgia doce, aquele primeiro encontro no saguão de um hotel distante– um breve acaso que parecia ter acendido a centelha do que seria uma conexão inexplicável. Essa memória, quase indefinida, misturava a realidade e os devaneios, e agora, enquanto ela escutava a voz de

Gerson, aquelas lembranças emergiam como fragmentos de um sonho que ainda insistia em permanecer vivo.

Gerson prosseguiu, a voz dele ora se tornando mais suave, ora vibrando como se quisesse desafiar o tempo:

— Selma, cada vez que falamos, sinto que uma parte de mim se renova. Suas palavras, mesmo as mais simples, revelam uma profundidade que poucos alcançam. Se eu pudesse, escreveria um poema sobre o brilho dos seus olhos, sobre o jeito como sua voz transforma a noite em um cenário de pura esperança.

As declarações enchiam o pequeno espaço "virtual-telefônico" com uma luz quase palpável. Selma, com o coração aos saltos, respirava cada palavra, permitindo que a tensão e a paixão se mesclassem num turbilhão de sentimentos.

— Gerson, essas suas palavras... são como música que embala meus sonhos e suaviza minhas dores – respondeu ela, a voz entrecortada pela emoção. — É como se, a cada nova ligação, eu encontrasse um pedaço perdido de mim mesma. Como se você me fizesse acreditar que, mesmo quando a vida parece desmoronar, há um refúgio onde o amor e a esperança reinam.

O diálogo continuava, pontuado por risos e longas pausas que ditavam o ritmo do encontro. Havia momentos em que Selma não conseguia evitar esboçar um sorriso, mesmo ao lembrar das trivialidades do dia a dia na escola, enquanto sua mente deslizava pelas paisagens oníricas que Gerson pintava com sua voz. Essas ligações agora, eram para ela, uma fuga – uma porta aberta para um mundo onde as barreiras se dissolviam e as emoções se faziam líquidas, capazes de preencher até os recantos mais obscuros do seu ser. E novas luzes se reacenderem no seu amor obscurecido com a interrupção.

A noite ganhava cor e intensidade. As horas avançavam, e o ritual quase sagrado de falar ao telefone continuava por horas a fio. Mas, conforme a conversa se aprofundava, um novo sentimento começava a emergir entre as palavras trocadas. Selma, já imersa naquele universo de emoções e de declarações, não podia deixar de desejar que esse encontro, sempre virtual, se transformasse em algo mais real. Como fora da primeira vez. Uma inquietude começou a pulsar em seu coração – um anseio por um reencontro físico, um abraço que selasse aquilo que até então parecia existir apenas como sons e memórias. Ela desejava ardentemente reviver o vivido e o não vivido com Gerson.

— Gerson, já pensou... talvez devêssemos nos encontrar pessoalmente? — ousou ela, quase hesitando, como se temesse que aquela sugestão pudesse romper o delicado equilíbrio que construíam noite após noite. Havia em sua voz uma mistura de esperança e temor ao mesmo tempo, pois a ideia de transpor o véu do virtual-telefônico para o real se afirmava como um desejo intenso, mas também carregava o risco do desconhecido. Isso após a ruptura anterior, que deixara feridas como em qualquer relação.

Houve um longo silêncio do outro lado da linha. Selma, com o coração acelerado, aguardava a resposta, quase contendo o fôlego. Quando finalmente Gerson falou, sua voz adquiriu uma tonalidade enigmática:

— Selma, minha querida, há momentos em que o destino se recusa a se revelar por completo. A ideia de um encontro... é algo que, no momento, permanece envolto em mistério. Algo, talvez, que o tempo revelará com a devida delicadeza.

A resposta, ao mesmo tempo vaga e repleta de um mistério que parecia atravessar os limites do palpável, fez com que Selma sentisse uma pontada de desilusão misturada com o desejo de persistir.

— Mas Gerson, sinto que a cada noite que passamos assim, uma parte de mim clama por te ver... por sentir o calor da tua presença real – confessou ela, a voz embargada e os olhos brilhando com lágrimas contidas. — "Não é somente o som da tua voz; é o desejo de te ver nos teus olhos novamente, de partilhar novamente um abraço que nos faça compreender que nosso encontro ultrapassa a magia dos sonhos.".

Do outro lado da linha, entre a hesitação e a firmeza que sempre marcaram suas respostas, Gerson respondeu com um tom que misturava a doçura de uma promessa com a cautela de um enigma:

— Selma, meu doce, eu entendo seus anseios. Mas, às vezes, há razões que se escondem nas dobras do destino, motivos que não posso revelar agora, embora deseje profundamente o mesmo. Há uma estranha dança entre o que desejamos e o que o universo nos permite viver. No momento, não posso romper esse compasso.

— E, Selma, permita-me confessar que, mesmo tendo experimentado um amor que incendiou nossas almas com a intensidade de uma paixão arrebatadora — um romance vivido com fervor, repleto de emoções que se entrelaçavam em cada olhar, cada toque silencioso — sinto que, agora, o reencontro que tanto desejamos se vê envolto em uma quietude misteriosa que me impede de avançar para um novo capítulo. Há em mim uma inquietação, uma necessidade inexprimível de absorver e processar as marcas daquele passado compartilhado, como se o próprio universo me ordenasse a pausar antes de transpor a linha tênue entre o que foi e o que poderia ser. Cada fibra do meu ser clama por esse instante de repouso, onde o amor, mesmo profundo e sedutor, precisa de um tempo para se reconstituir, para que as feridas que ainda sussurram memórias possam silenciar suas dores, transformando-se apenas em um eco suave do que um dia foi promessa. Não é uma recusa, mas um comando silencioso do destino, que me impele a esperar por um tempo em que a cadência dos nossos corações possa, novamente, convergir sem pressa. Assim, mesmo que meu coração anseie por sentir uma vez mais o calor da tua presença, preciso honrar essa pausa, esse intervalo necessário para que cada emoção se equilibre e se prepare para o momento certo. Permaneço, pois, na certeza de que tudo o que é sublime exige seu tempo, e que, por ora, esse reencontro permanece como uma melodia inacabada, um sussurro profundo no silêncio do que ainda está por vir. Eu te Amo...

A resposta dele ecoou no coração de Selma como um lembrete de que a magia do mistério nem sempre se traduz em encontros materiais. Mesmo assim, a insatisfação fervia em seu peito – um sentimento que, ao mesmo tempo, a encantava e a perturbava. Ela queria entender, queria que cada desculpa, por mais enigmática que fosse, se desvelasse em explicações claras, que pudessem preencher o vazio deixado pela distância.

— Gerson, por que sempre parece que quando estou pronta para dar um passo adiante, o destino recua? — perguntou ela, a voz trêmula e o tom marcado por uma leve angústia. — Sinto que estamos tão perto de romper o véu e transformar nossas conversas num encontro real, mas você sempre se esquiva, como se algo o impedisse.

Houve uma pausa longa, e o silêncio do telefone se tornou quase palpável. Gerson respirou fundo, e então, com uma voz baixa e enigmática, disse:

— Selma, às vezes, a proximidade do verdadeiro encontro é tão intensa que o universo prefere nos ensinar a saborear o mistério. Não quero que nossas experiências e reaproximações se dissipem tão facilmente. Há questões que ainda se encontram por resolver, sombras que, por agora, precisamos deixar repousar.

O que ele disse era ao mesmo tempo reconfortante e inquietante. Selma sentiu que, por trás daquela resposta, havia mais do que simples desculpas – havia medos, dúvidas e um desejo não declarado de se manter distante do real e factual.

— Mas, Gerson, cada palavra sua me enlaça, e eu me vejo desejando tanto que esse encontro seja mais do que um sonho – é a materialização de tudo o que sinto por você. Como posso continuar a esperar se minhas noites se enchem apenas da doçura de uma voz que insiste em não se transformar em presença? — ela implorou, entre lágrimas e sussurros, sua voz carregada de um clamor que fosse além da mera comunicação.

— Gerson, sinto em meu íntimo que carrego um repositório de sombras e memórias, mas hoje não desejo reviver aquelas imagens que se esvaíram com o tempo — não, o que anseio é algo novo, uma criação que não se apoie nas despedidas silenciosas do passado. O que floresceu entre nós há tempos, aquele amor que um dia incendiou nossos corações com a intensidade de cada suspiro partilhado, já se diluiu, transformando-se em um eco distante de momentos que se foram. Agora, ao ouvir tua voz que se esgueira pelas ligações, sinto apenas o prenúncio de uma aurora que não repete o que já vivemos, mas que promete a descoberta de um território inexplorado, onde o toque, o olhar e o silêncio possam se unir em uma dança inédita de sensações. Não quero reencontrar apenas os fragmentos que um dia foram a totalidade do nosso ser, mas criar, no presente, um novo universo de intimidade e desejo, livre das cicatrizes e das marcas do que se passou. Quero que nosso reencontro não seja uma reencenação de um velho romance, mas o início de um verso ousado, onde cada palavra, cada gesto, faça nascer uma essência que é unicamente nossa e que se constrói no agora. Anseio por sentir a ternura e a paixão de um amor renovado, que não seja refém dos medos e das perdas do ontem, mas que floresça, vibrante e surpreendente, como a promessa de um novo despertar que só o presente pode oferecer. E de toques... Nossos sutis toques... Olhares e tudo mais..."

Mesmo diante dessa súplica, a resposta de Gerson continuava a ser um enigma; ele mantinha sua postura misteriosa, como se a realidade de um encontro físico ainda precisasse de tempo para amadurecer.

— Selma, minha amada, entenda que nem tudo pode ser revelado de imediato. Cada passo que damos, cada palavra, é um degrau que ainda precisa ser trilhado com cautela. Se eu aparecesse agora, teria que haver mais do que apenas o desejo – haveria riscos, incertezas que não posso ignorar. Por enquanto, nossa conexão deve se alimentar deste espaço sagrado que criamos; um espaço onde o amor se constrói na terra dos sonhos e das promessas veladas.

Selma permaneceu em silêncio por longos instantes, ponderando sobre aquelas palavras. Dentro dela, a sede de um encontro concreto se misturava com a incerteza do que o destino lhe reservava. Ela se perguntava se a insistência de Gerson em manter o mistério não seria, de algum modo, uma proteção que ele próprio precisasse para lidar com seus próprios fantasmas – ou talvez, uma barreira colocada pelo próprio destino, para que ela se preparasse para algo que ainda não estivesse pronta para enfrentar.

Ainda assim, o clima que se instaurava entre eles era denso, repleto de tensão e passagens de sentimentos que oscilavam entre a doçura das declarações e o amargo sabor do medo da distância. A cada nova palavra, Selma sentia que o tempo se tornava mais significativo, que o palco daquele encontro virtual-telefônico estava se preparando para um clímax inevitável – um desdobramento que, de maneira sutil, prometia romper as barreiras entre o sonho e a realidade.

Durante aquele ritual de confissões, Selma recordou os primeiros momentos das ligações, aqueles instantes mágicos em que Gerson parecia ter surgido como um sussurro vindo de um universo paralelo. Ela se recordava de uma viagem, num saguão de hotel, onde um homem de olhar profundo lhe proferiu palavras que, agora, ressurgiam em seu coração. Aquela lembrança – tão fragmentada e ao mesmo tempo tão incisiva – fazia com que a ideia de um reencontro real se tornasse ainda mais desejável, quase que uma necessidade que pulsava em cada fibra do seu ser.

Mas, assim como o destino se manifesta nos mínimos detalhes, a presença de Gerson permanecia envolta em um véu de incertezas. Suas ligações noturnas, sempre após as 22h, eram como convites para um mundo onde a paixão se revelava em fragmentos de palavras e silêncios carregados de significado. Cada ligação era um lembrete de que algo grandioso estava por vir – mas também deixava entrevistas de dores e medos de que nem sempre eram trazidos à tona.

Em uma dessas chamadas, enquanto o crepúsculo se transformava em escuridão, Selma ousou novamente abordar o assunto que tanto desejava compreender:

— *Gerson, eu sei que há razões que você não pode ou não quer explicar. Mas me diga – o que te impede de nos encontrarmos? Não há, por acaso, algum obstáculo que possamos ultrapassar juntos?*

A voz dele, calma e cheia de um mistério que Selma tentava desesperadamente decifrar, respondeu:

— *Selma, minha querida, há velhas histórias e segredos sussurrados pelo tempo que ainda precisam se revelar. Não diria que existem obstáculos intransponíveis, mas há momentos que exigem cautela. Não queremos que o brilho do nosso reencontro se apague antes mesmo de se concretizar, não é mesmo?*

As palavras pairaram no ar, e Selma sentiu seu coração divagar entre a esperança e a frustração. Havia algo em cada desculpa de Gerson, algo que o impedia de se mostrar por completo, como se um véu invisível o protegesse – ou o isolasse do que ele mesmo desejava intensamente.

— Mas Gerson, se o nosso amor já se constrói a cada ligação, se cada palavra tua faz com que eu sinta que posso desafiar o mundo... Por que não experimentar tocar o real novamente, sentir tua presença não apenas como uma melodia eletrônica, mas como um abraço que torna o mundo menos cruel? — implorou Selma, com lágrimas se acumulando nos cantos dos olhos, enquanto sua voz tremia com a intensidade de um desejo que não podia ser contido.

O silêncio depois dessa pergunta foi ensurdecedor. O telefone parecia absorver cada gota do tempo, e o mundo lá fora, distante e indiferente, aguardava enquanto Gerson pesava suas palavras com uma delicadeza quase dolorosa.

— Selma, minha amada, eu... — ele hesitou por um momento que pareceu durar uma eternidade. — *Eu agradeço seu desejo, sua fé no que estamos reconstruindo. Mas ainda preciso que essas horas mantedores de nossa paixão permaneçam assim – intangíveis, como as estrelas que guiam o caminho da noite. Há segredos que o tempo ainda não me permitiu desvendar, e talvez, enquanto esse mistério perdurar, eu não possa dar o salto para o real novamente. É difícil também para mim, viver dessa forma com você...*

A resposta, vaga e repleta de um enigma que Selma lutava para decifrar, inflama dentro dela uma mistura de emoção e inquietude. Ela sabia que cada desculpa, cada evasiva, só alimentava o desejo de romper aquela barreira, de transformar aquela conexão etérea num reencontro que pudesse ser tocado, sentido e vivido de forma plena novamente.

O ambiente da ligação, embebido em declarações apaixonadas e reflexões que beiravam de poesia a filosofia, adquiria uma nova dimensão. Cada palavra de Gerson, cuidadosamente escolhida, fazia com que Selma se sentisse solene e, ao mesmo tempo, vulnerável demais. Ela se dava conta de que, ali, naquele íntimo universo de dados e desejos, estava depositando suas mais íntimas esperanças e receios, colocando seu coração à mostra como se fosse um livro aberto.

— *Gerson, eu não posso evitar – confessa Selma com um sopro triste –, de me sentir, às vezes, perdida neste universo de silêncio e promessas. Cada noite, a sua voz se torna a única certeza de que o amor ainda é possível. Mas essa incerteza, essa hesitação, também me assombra...*

— *Selma, minha querida,* replicou ele com a doçura típica de suas palavras, — *você é tão intensa, tão brilhante, que faz com que eu compreenda que nem tudo se pode transformar em realidade de imediato. Há momentos em que o encanto reside justamente no mistério, na espera por um tempo que se revele por si só. Creio que devemos permitir que o destino se revele com naturalidade, sem pressa ou interrupção.*

Essas palavras, embora poéticas, não apagavam o ardor de uma vontade que Selma carregava – essa vontade de, finalmente, rever o rosto daquele homem e voz que ela amou, e de sentir a vida palpitar novamente de forma concreta. Havia um ponto em que a imaginação, por mais bela que fosse, não bastava para saciar o desejo de tornar o invisível, visível. Uma voz por mais que fosse real, no toque e abraços quentes.

Conforme a ligação avançava, os dois mergulhavam mais fundo em declarações que pareciam desafiar o próprio tempo. Gerson, com sua voz que oscilava entre o terno e o enigmático, falava sobre a beleza das coisas simples – o olhar que encontra o outro, a mão que se estende num gesto de ternura e a força das palavras que, mesmo sussurradas, ecoam como promessas eternas.

Selma, então, entre lágrimas e risos contidos, afirmou:

— Eu sinto que, de alguma forma, cada palavra sua me lembra de que existe um universo inteiro por ser descoberto e redescoberto. Que a vida, mesmo quando se apresenta em fragmentos, pode ser reconstituída com a mesma intensidade do primeiro amor. E que nós, através dessas ligações, somos, de alguma forma, os artífices desse destino tão belo e tão surpreendente. Em continuo te amando...

Gerson respondeu com uma doçura e calor, que o fazia parecer quase presente ali ao lado de Selma, e a abraçando, mesmo estando do outro lado do telefone:

— Selma, minha amada, suas palavras me transformam em poeta. Se eu pudesse, escreveria eternamente sobre a luz que vejo em você, sobre a maneira como a sua voz transborda e se entrelaça com a minha, criando uma sinfonia que desafia o comum. O amor, para mim, não se limita a um toque físico, mas floresce nos sussurros da noite, onde os corações se

encontram sem medo, mesmo que por instantes breves. E eu também continuo te amando...

Enquanto o tempo escorria pelas ligações, o ambiente ao redor de Selma se transformava. Ela recordava momentos do seu passado – flashes de encontros felizes, de risos que pareceram perdidos no tempo, e de uma vida que, apesar dos traumas e das incertezas, continuava a pulsar em sua mente com uma força inabalável. Cada memória servia de âncora para aquela paixão, uma referência que a fazia acreditar que seu futuro, mesmo que incerto, era iluminado por promessas jamais dissipadas.

Porém, mais uma vez, Selma sentia uma nota dissonante crescer, algo que ela não podia mais calar – um desejo ardente de romper o véu do virtual e transformar aquelas palavras em uma reaproximação real. O pulsar do seu coração acelerava com a ideia de transcender os limites do imaginário, de sentir o calor e a textura de um reencontro que a fizesse crer na materialidade de cada emoção.

— Gerson, tantas noites em que tua voz resgata-me da penumbra – ela começou, com a voz trêmula misturada a uma intensidade quase impossível de conter – Por que permanecemos prisioneiros deste universo de sombras? Anseio pela tua presença, por rever o brilho dos teus olhos, por sentir o toque que só o real pode proporcionar. Não quero mais que nossas palavras sejam apenas ecos no silêncio; quero que elas se transformem num reencontro palpável, numa reaproximação que transcenda o virtual-telefônico.

O silêncio de Gerson, novamente se seguia e de modo espesso, mais uma vez carregado de uma tensão que pairava como uma cortina entre seus corações. Selma permaneceu, em meio à expectativa e um temor silencioso, aguardando a resposta de Gerson – aquele que a encantava, mas que parecia recusar transpor a barreira invisível que separava o sonhado do vivido.

— Selma, minha querida, compreendo cada anseio que se esconde por trás das tuas palavras – a voz de Gerson finalmente se fez ouvir, baixa e enigmática, como se cada sílaba fosse medida pelo tempo. – No entanto, como já havia lhe dito, há momentos em que a materialização da nossa reaproximação ainda não se revela possível. Existem segredos, questões que o destino insiste em manter envoltos em mistério. Por ora, permite que nossas vozes se tornem o abraço que nos une, que nossas palavras sejam o laço que mantém acesa a magia que sentimos. Precisamos saborear a espera, pois nela reside a beleza de transformar o imaginário em realidade.

Enquanto as palavras dele se instalavam no silêncio, Selma lutava contra uma inundação de sentimentos que a fazia oscilar entre a esperança e a inquietação. Um conflito pulsava em seu íntimo: a ânsia de sentir o real, de ver e tocar Gerson novamente, versus a resignação de que, talvez, esse reavivar do nosso reencontro permanecesse por ora suspendido no ar, como a promessa de um futuro que ainda estava por ser desvendado. E isso, era algo angustiante...

— Gerson, eu sinto – ela murmurou, a voz carregada de uma paixão que beirava o desespero – que esse reencontro, essa reaproximação que tanto desejo, está mais perto do que o que os nossos silêncios permitem ver. Se, mesmo que por um breve momento, pudéssemos dissolver essa barreira e transformar toda

essa intensidade em algo tangível... que nossas palavras deixem de ser sombras e se convertam no calor de um abraço verdadeiro.

— Minha amada Selma, – respondeu Gerson novamente num tom que era quase um sussurro, impregnado de ternura misturada a uma cautela indefinida – há um delicado equilíbrio entre o que nossos corações desejam e o que o destino, com sua sabedoria misteriosa, se dispõe a nos oferecer. Não é comigo o desejo de te afastar, mas a reaproximação precisa se revelar aos poucos, como a aurora que desponta timidamente após a longa noite. Por ora, preciso honrar essa dança de sombras e promessas que nos mantém nesse espaço único, onde o real ainda se faz esperar.

— Gerson, preciso te dizer que não desejo reviver os ecos sombrios do nosso passado; anseio construir algo novo, onde cada toque e cada olhar sejam a semente de uma história renovada. Quero que nossas almas se entrelacem neste presente vibrante, longe das sombras que um dia nos aprisionaram, e que possamos criar um amor feito de descobertas e recomeços, onde a delicadeza do hoje substitua a fragilidade do que já foi. Estou pronta para transformar as cicatrizes em pontes que nos conduzam a um futuro de intensidade e esperança, onde nossas vozes deixam de ser meros sussurros do que ficou para trás, e se tornam a melodia inebriante de um novo despertar.

— Minha querida Selma, ouço cada palavra tua com a intensidade de um coração que arde e se acalma ao mesmo tempo. Teu clamor por um recomeço, por uma reaproximação que deixe para trás as sombras de um passado diluído, ecoa em mim como o som suave de um alvorecer que ainda precisa se revelar por completo. Reconheço e compartilho o anseio de construir algo

novo, onde cada toque e cada olhar possam, enfim, traduzir a essência de um amor que se refaz em descobertas e recomeços. Contudo, sinto ainda a necessidade de caminhar devagar, de tecer, com cautela, uma jornada onde as marcas do que fomos se transformem—não em resquícios doloridos, mas em pontes que nos conduzam, passo a passo, a um futuro pleno. Hoje, despeço-me desta conversa com o coração repleto de esperança e a convicção de que, quando o tempo e o destino decidirem, nosso reencontro se manifestará com toda a força e brilho do real. Que essa noite seja o preâmbulo silencioso de momentos que, um dia, se concretizarão, revelando a beleza de um amor que se reinventa a cada novo amanhecer.

No prolongar daquele diálogo, como se cada segundo pendesse na balança do incerto, Selma sentia o conflito intenso entre a paixão e a promessa inalcançada. Ainda que cada palavra de Gerson carregasse o afeto de um amor profundo, havia nela a surpresa amarga de uma espera que diluía o fogo do reencontro. Entre declarações de saudade e questionamentos velados sobre o porvir, a conversa se tornou um espelho onde os medos e os desejos se entrelaçavam, deixando no ar uma tensão vibrante e uma promessa de que, um dia, essa reaproximação ultrapassará o êxtase das palavras e se concretizará em um toque, num olhar e num abraço que selarão o enigma deste amor tão intenso.

A conversa, repleta de declarações de amor e reflexões filosóficas, permanecia entrelaçada com o tom enigmático que Gerson imprimia a cada resposta. Suas palavras acariciavam o coração de Selma, mas também deixavam uma lacuna – um espaço não preenchido, onde o desejo por um reencontro real pulsava com mais intensidade.

Enquanto o tempo avançava e a noite se estendia, a ligação chegou ao fim. Selma desligou o telefone com os olhos ainda marejados, sentindo o peso de uma mistura intensa de alegria e angústia. No entanto, mesmo após o término da conversa, aquela noite deixava resquícios que perduravam no ar, como notas de uma canção que se recusava a ser esquecida.

Sozinha, diante da imensidão de seus pensamentos, Selma contemplava a dualidade de sua existência. A cada noite, as ligações de Gerson iluminavam um caminho que, embora repleto de incertezas, continha a promessa de algo grandioso. Ela sabia que seu coração estava dividido entre o desejo de transformar aquele mistério em realidade e a necessidade de preservar o encanto que só o segredo podia proporcionar.

E assim, enquanto a cidade adormecia sob o manto de uma noite serena, Selma se permitia imaginar o dia em que, finalmente, veria novamente Gerson. Um dia em que aquele reencontro – marcado por tantas palavras delicadas e por tanta esperança silenciosa – romperia a barreira do virtual-telefônico e se materializaria mais uma vez num abraço que dissipasse todas as dúvidas.

Mas, por ora, ela optava por guardar cada palavra, cada intuição, como preciosos segredos. O mistério permanecia intacto, e cada ligação, cada suspiro pronunciado no silêncio da noite, era uma promessa de que, eventualmente, as sombras dariam lugar a uma luz reveladora. O desejo de reexperimentar o toque real de Gerson era uma chama que ardia discretamente, e mesmo com as desculpas enigmáticas dele, Selma esperava que o destino a conduzisse por um caminho onde o amor se mostrasse em sua forma mais pura, plena, profunda e real.

Ao encerrar aquele ritual noturno, Selma mais uma vez, fez uma última anotação em seu caderno, sem saber que aquelas palavras seriam a prova de um sentimento que ultrapassaria os limites da imaginação, e reescreveu:

> "Cada ligação é um eco do que somos, um sussurro da alma que se recusa a se calar. Entre sombras e promessas, encontro um amor que desafia o tempo e a lógica. Talvez o reencontro real seja uma ilusão, mas a esperança é tão viva quanto os sonhos que me alimentam."

Enquanto Selma fechava o caderno, uma nova pergunta surgia silenciosamente em sua mente: seria o reencontro com Gerson um dia possível ou permaneceria ele para sempre como um sonho distante, uma promessa feita nas entrelinhas da noite? Essa dúvida, como todas as outras, se misturava à sua paixão, criando um clima de tensão e incerteza que marcaria os próximos passos de sua jornada.

Selma segurando o telefone com as mãos trêmulas, o rosto iluminado pela luz suave da lua que invadia seu quarto. Ela sabia que, a cada novo toque do aparelho após as 22h, a possibilidade de um novo diálogo e, quem sabe, a aproximação do real, se fazia presente. Mas, por ora, o mistério de Gerson – suas evasivas, suas desculpas e a aura enigmática que o envolvia – permanecia como uma barreira sutil que o tempo, silenciosamente, começava a moldar.

Entre o desejo de descobrir a verdade e a aceitação de que o destino se revela em seu próprio ritmo, Selma respirava fundo, pronta para enfrentar mais uma noite onde esses ecos se transformariam em declarações intensas de amor, dúvidas e promessas. Nesse compasso, a incerteza dos reencontros e a ânsia por romper o véu do mistério tornavam-se a essência de um romance que, mesmo enraizado em sonhos e lembranças perdidas, parecia tocar a verdade profunda do que é amar.

Capítulo 4 – Encruzilhada de Destinos

A noite se vestia de mistério e delicada melancolia, transformando cada segundo em um suspiro suspendido. Para Selma, aquelas horas ultra tardes – logo após as 22h – sempre foram sagradas, o instante em que sua alma se encontrava com a de Gerson, um bálsamo que, em sua voz quase etérea, acalmava o turbilhão dos seus sentimentos. Contudo, naquela noite, uma nova e constante inquietação inesperada sempre permanecia; uma sensação arrebatadora de que a reaproximação entre eles poderia transcender o domínio das palavras virtuais, insinuando a possibilidade de algo novo e intenso, repleto de promessas por revelar e dúvidas por dissipar.

Ao atender a chamada, a voz de Gerson irradiava a habitual paixão e carinho, como se cada sílaba tornasse a madrugada um refúgio de ternura e segredos não ditos. Enquanto as sombras se alongavam, Selma absorvia o calor de cada palavra que suavemente preenchia o vazio da noite. Essa conversa tornava as horas ainda mais intensas, despertando nela lembranças dos encontros passados e, agora, incitando um desejo ardente por uma reaproximação que ultrapassasse os limites do virtual, unindo o real em um toque genuíno.

Com o coração ainda palpitante pelos ecos das conversas anteriores, Selma deixou transbordar sua honestidade, tingida de esperança e vulnerabilidade: — *Gerson, sempre senti uma vontade silenciosa de te ligar também. Mas você, com esse jeito encantador, parecia sempre tomar a iniciativa, e no final acabamos assim desligando. Todos esses dias, sem que você me desse seu número – eu, por receio de parecer invasiva, jamais fui ousada para perguntar. Hoje, porém, o dia me surpreendeu: cheguei mais cedo no trabalho, arrumei a casa, cozinhei... E foi como se cada detalhe desse dia simples se transformasse em uma centelha, num humor contagiante que me preenche de uma alegria rara. E senti muita vontade de te ligar, mas não tinha teu número de telefone.*

Enquanto suas palavras ecoavam na linha, o clima entre elas se impregnava de uma tensão doce e poética, carregada de sonhos e incertezas. Selma não estava apenas relatando sua rotina, mas revelando um desejo ardente de que aquela reaproximação se materializasse num reencontro palpável – um toque que desvelasse o brilho dos olhos, um abraço que dissolvesse a distância do virtual-telefônico. Cada gesto cotidiano era a semente de um novo começo, um convite velado para que o amor, até então circunscrito a palavras e telefonemas, se transformasse na realidade vibrante de um toque, de um olhar. No silêncio que se seguiu, entre um suspiro e outro, Selma depositava sua esperança de que aquela noite não fosse somente um prelúdio, mas o ponto de inflexão para um futuro onde os reencontros pudessem, enfim, ser vividos com toda a intensidade da verdade e do desejo."

A voz de Gerson, sempre tão serena, ressoou com um tom caloroso e uma pontada de curiosidade:

> **Gerson:** "E você hoje está de bom humor, Selminha querida?"

A risada suave de Selma veio como uma resposta sincera, misturando alegria e um toque de leve irreverência:

> **Selma:** "Sim, estou! Por que não deveria, não é mesmo? E você, Gerson? Como foi sua noite? Você não está bem, por acaso?"

Houve um breve momento de pausa, como se o silêncio permitisse que cada um ajustasse a própria respiração antes de continuar. Então, Gerson, com uma risada que misturava melancolia e uma doçura quase palpável, respondeu:

> **Gerson:** "Ah, querida Selminha, nem me fale: confesso que custei a dormir hoje, mas, no fim, deu tudo certo." *(risos leves)* "E você, dormiu bem? Dormiu, Selminha?"

> **Selma:** "Também, Gerson, demorei um pouco a fechar os olhos, mas depois fui relaxando, cochilei e, enfim, dormi muito bem. Levantei-me, fui para o trabalho… Foi mais um dia de tédio e aquela velha rotina de enigmas e problemas para resolver, sabe? Trabalho é assim – é criar, produzir e, no fim, resolver problemas. É a síntese da vida, mas, deixando isso de lado, não quero falar muito sobre tais assuntos agora."

A conversa fluía naturalmente, entre trocas de banalidades e momentos em que os dois se entregavam a pequenas revelações sobre seus sentimentos. Gerson, sempre atento, prosseguiu com a cordialidade que Selma tanto admirava:

> **Gerson:** "Entendo, Selminha. Mas o que realmente me alegra é saber que, mesmo com todos os desafios do dia, você se mantém alegre. Eu estou bem, sim, e fico feliz em ouvir que você dormiu bem. Obrigado, minha querida!"

Selma, aliviada por ser ouvida, retomou o assunto que lhe incomodava:

> **Selma:** "Gerson, voltando àquela questão que te mencionei – sabe, o fato de você não ter me passado seu número na última vez me deixou encucada, um pouco chateada. Talvez eu devesse ter perguntado, mas confesso que tive receio de ser invasiva. Você acredita nisso?"

Gerson respondeu com uma voz calma, repleta de compreensão:

> **Gerson:** "Acredito sim, Selminha querida. Entendo perfeitamente como você se sente. Se eu estivesse no seu lugar, certamente sentiria o mesmo. É natural ter essa vontade de um contato mais direto, algo que torne nossa conexão ainda mais segura."

O tom amável de Gerson acalmou as dúvidas de Selma, mas um desejo mais profundo começou a emergir do fundo de sua alma. Ela sabia que, embora se sentisse acolhida por aquelas conversas, um anseio por algo tangível – um reencontro, um abraço real – fazia seu coração bater mais rápido.

> **Selma:** "Ah, Gerson, eu tenho tanta vontade de transformar essa fantasia em realidade. Cada noite, cada chamada, me faz sentir que poderia ser maravilhoso te reencontrar pessoalmente, e não apenas ouvir sua voz. Mas, sei que você sempre evita esse assunto, talvez para não estragar esse mistério que criamos."

Houve um silêncio prolongado na linha, enquanto os corações dos dois pareciam se comunicar sem palavras. Gerson, com um suspiro que misturava pesar e algo indefinido, respondeu devagar:

> **Gerson:** "Selma, meu doce, entendo teus sentimentos. A ideia de um reencontro real é, sem dúvida, sedutora. Mas há algo, uma hesitação que persiste – talvez um medo de que o encanto se perca se trocarmos as palavras pelo contato direto. Não é minha intenção afastar você, mas o mistério, esse véu que nos protege, é também parte da magia de nosso relacionamento. Há razões que, por enquanto, preciso manter em reserva, para que possamos saborear cada momento que nossas vozes nos oferecem."

As palavras de Gerson ecoaram no silêncio do aparelho, deixando Selma com uma mistura de esperança e uma tênue frustração. Ela sentiu uma pontada de angústia por não poder ver os olhos daquele homem que a encantava tanto, mas ao mesmo tempo se entregava às palavras que ele cuidadosamente escolhia.

> **Selma (num sussurro):** "Mas, Gerson, cada palavra sua me fortalece, e eu anseio por sentir teu abraço de verdade novamente, por ver tua luz nos olhos, e não apenas no eco de nossas conversas."

A resposta de Gerson, ainda que evasiva, carregava um misto de ternura e resignação:

> **Gerson:** "Selma, minha amada, talvez a beleza desse nosso reencontro resida justamente na expectativa. Há momentos em que o encanto do desconhecido faz com que cada palavra se transforme em um sonho que se renova a cada noite. Isso ocorreu conosco na primeira vez que nos conhecemos. Por ora, nosso mundo existe nesse universo de som e emoção e, quando o tempo certo chegar, tudo se esclarecerá."

Enquanto a conversa seguia, os dois recordavam com risos e nostalgia aquele encontro inusitado – um dia especial em um saguão de hotel, onde, por um acaso do destino, suas trajetórias se cruzaram. Selma relembrava com carinho:

> **Selma:** "Gerson, você se lembra daquele dia no hotel? Quando, do nada, nos encontramos naquele saguão, e você se sentou e começou a conversar? Eu me lembro como se tudo tivesse sido escrito nas estrelas. Foi como se, naquele breve instante, o universo revelasse seu segredo mais sagrado, e eu soubesse que algo especial estava prestes a começar."

> **Gerson:** "Lembro sim, Selminha. Foi um encontro inusitado, um daqueles momentos que parecem ter sido orquestrados pelo próprio destino. Sua presença, suas palavras, fizeram com que eu me sentisse como se finalmente tivesse encontrado algo que faltava em meu coração."

O diálogo se desenrolava com a naturalidade dos corações que se reconhecem, e cada memória compartilhada era um elo que os unia ainda mais, mesmo que o real jamais se impusesse sobre aquele mundo sutil de sonhos. Contudo, conforme a conversa avançava, um novo episódio se fazia lembrar – aquele dia na praia.

— *Ah, Gerson, lembro daquele dia em que me senti completamente leve!* — exclamou Selma, com os olhos radiantes de fascínio. *Estávamos na praia, sentados na areia, sob a sombra serena dos coqueiros, e o mar se estendia diante de nós como um quadro vivo, repleto de segredos que só a natureza poderia revelar.*

— *Você abriu seu celular e me encantou mostrando fotos dos seus passeios – cavalos, camelos, jipes, cruzando desertos, selvas, escalando montanhas, navegando rios e explorando praias paradisíacas. Lembro-me com tanto carinho de como você me falou sobre o seu certificado de montanhista, trilheiro e aventureiro!* continuou, a voz dela transbordando entusiasmo e surpresa enquanto cada palavra parecia recapturar a magia daquele instante.

— Selma soltou uma risada suave, repleta de encanto e leveza, e completou: *No momento em que tudo se desenrolava ali, eu pensei: "Nossa! Achei o meu Buda, meu guru, meu mestre!"*

— Gerson sorriu, e sua voz se impregnava de um misto profundo de nostalgia e carinho, como se cada palavra carregasse a essência daqueles dias mágicos e intensos. — *"Só você mesmo, Selminha... É sempre maravilhoso rememorar esses momentos. Esses reencontros me fazem lembrar que a vida se constrói em pequenas aventuras – cada passo e cada descoberta nos revelam novos significados para o que buscamos."*

Os relatos de um passado que os unira com tanta paixão invadiam Selma, trazendo à tona as recordações vívidas da viagem casual que transformara aquele breve romance em algo inesquecível. Ela recordava com ternura o dia em que se conheceram no hotel, os sorrisos espontâneos e os gestos delicados que teciam uma intimidade única, mesmo que breve. — *"Após tudo aquilo, fomos beber água, suco, e comer algo. Você quis pagar a conta, mas recusei, insistindo em fazê-lo por mim mesma. No fim, até rachamos a conta – 60% para você e 40% para mim. Voltamos juntos para o ônibus logo após as 17h, falamos pouco, e depois, com um simples adeus, você partiu. Você se despediu do hotel, entrou em um táxi, e... foi um daqueles encontros que ficam gravados na memória: alguns se desvanecem, outros se reencontram... E, de alguma forma, nós nos reencontramos novamente."*

Um breve silêncio se instalou na linha, pontuado pelo cuidado e pela atenção que Gerson tinha por cada nuance do sentimento de Selma. — *"E o que você sentiu, Selminha, meu amor?"* A pergunta, suave e carregada de significado, flutuava no ar, convidando-a a revelar o turbilhão que habitava seu coração.

Com voz serena, mas imersa em uma melancolia doce, Selma respondeu: — *"Senti como se estivesse deixando partir não apenas um amante, mas um amigo, um irmão, até um pai. Aquela despedida foi tão singular – foi como se, sem tristeza profunda, eu tivesse deixado algo precioso se entregar ao tempo. Uma mistura de saudade e alívio que pesa e, ao mesmo tempo, ecoa a promessa de um novo recomeço."*

A conversa permanecia suspensa, um delicado equilíbrio entre o que fora e o que ainda poderia ser, deixando no ar a essência de um reencontro que, embora marcado pelo despedir, continuava a pulsar com a força de um futuro por desvelar.

A conversa fluía entre feridas abertas e sorrisos reconfortantes, enquanto ambos se aprofundavam nas nuances de seus sentimentos. O ambiente virtual/telefônico se tornava um espaço de ternura, onde cada palavra era uma ponte sobre o abismo das incertezas. Selma gostava de como Gerson conseguia transparecer tanto em suas declarações: ao mesmo tempo, um afeto fraterno e um desejo ardente que incendiava seu coração.

> **Gerson:** "Selminha, você sempre diz coisas tão lindas que me fazem acreditar que, mesmo que o tempo passe, esse sentimento jamais se extinguirá. Eu acredito que, de algum modo, encontraremos sempre um caminho para manter essa chama acesa – seja através de novas conversas, seja em encontros que o destino permitirá..."

A pauta da conversa virou para o presente, para as memórias que se misturavam em um tom festivo e poético. Selma, repleta de empolgação, iniciou:

> **Selma:** "Eu estou começando a gostar ainda mais da nossa conversa, Gerson. Hoje, enquanto estava sentada aqui, com as mãos deslizando pelos meus cabelos, imaginando e sonhando com nós dois, lembro de cada palavra, de cada suspiro que trocamos. Eu queria te reencontrar, te abraçar... e sim, desde aquele dia em que nos conhecemos, senti que algo estava prestes a acontecer."

Gerson riu, e sua voz vibrava com uma paixão contida:

> **Gerson:** "Meu coração também acelera com cada palavra tua, minha Selminha. Confesso que, a partir daquele dia, senti uma vontade imensa de te ter por perto. Cada olhar, cada gesto teu fazia meu espírito vibrar como se estivesse renascendo. Eu me sentia apaixonado, e sinto até hoje essa chama que não se apaga."

O clima se tornava um misto de leveza e intensidade, e nenhum dos dois podia negar que o sentimento de paixão que os envolvia era inegável – mesmo que estivesse imerso nas sombras e nas promessas de um romance que ainda se revelava. Selma continuou, com uma sinceridade que fazia as palavras dançarem livremente em sua voz:

> **Selma (rindo e choramingando ao mesmo tempo):** "Gerson, meu querido, hoje estou radiante! Estou sentada na minha cozinha, com um vestido vermelho que acende meus ânimos, e enquanto falo contigo, me sinto como se o mundo se tornasse um lugar diferente – mais leve, mais bonito. Você me faz sorrir e me enche de energia. Mas... Eu ainda não sei se devo me apegar demais a essas lembranças..."

> **Gerson (rindo suavemente):** "Ah, Selminha, você sempre tem esse jeito encantador de colocar as coisas. Lembro que, naquele dia, naquele passeio pela praia, tudo parecia perfeito – cada detalhe, desde a brisa do mar até o modo como rimos quando dividimos a conta do café. Foi uma viagem mágica, um daqueles momentos que ficam gravados na memória. Mas, veja, aquele encontro é parte de uma história maior que construímos

juntos, de encontros e desencontros que fazem a vida ser tão surpreendente." E continuou:

— Selma, minha luz, ouvir-te assim, radiante e cheia de vida, aquece cada recanto do meu ser. Saber que teu vestido vermelho acende teus ânimos e que, mesmo na simplicidade de tua cozinha, o mundo se transforma em um lugar mais leve e lindo diante do brilho dos teus olhos, é um presente que me desperta profundamente. Tua voz, repleta de riso e emoção, ressoa em mim como um cântico que transcende qualquer distância, fazendo-me crer que, mesmo nas sombras e promessas do que ainda se revela, nosso amor é capaz de colorir até os dias mais cinzentos. Que essa energia contagiante, a mesma que emana de ti agora, nos inspire a dar passos corajosos rumo a um reencontro onde o toque se reinterprete e nossas almas se abrace, não apenas através das palavras, mas na sublime presença um do outro. Tenho esperanças que a magia desse momento permanecerá conosco, abrindo caminho para um futuro onde cada instante se faça tão real quanto o calor que sinto em cada suspiro teu.

Entre risos, confissões e toques de nostalgia, a ligação se estendia como um convite para um futuro que os dois desejavam se tornar mais palpável. A mente de Selma, tão intensamente sensível, vibrava com cada palavra de Gerson, ao mesmo tempo confortada e inquieta pela promessa de um reencontro real, algo que ainda hesitava em se manifestar.

Enquanto a conversa fluía, Gerson retomou o tom melancólico e confessional:

> **Gerson:** "Selma, meu amor, tenho me sentido, ultimamente, entre o querer estar contigo e o receio de romper esse

delicado véu que nos protege. É como se o universo nos permitisse viver apenas essa magia das palavras e dos sonhos, sem que o contato físico pudesse, por um instante, diluir toda essa intensidade. Eu sinto, de verdade, uma paixão arrebatadora por ti, mas também há uma parte em mim que teme que, se nos reencontrássemos, toda essa beleza se perdesse na realidade."

Selma, com o coração apertado, respondeu com sinceridade, seus sentimentos transbordando:

> **Selma:** "Gerson, eu entendo... Mas sinto que a cada dia que passa, essa distância, essa falta de um encontro real, me consome. Quero novamente sentir teu abraço, teu olhar, e não apenas a voz que, embora doce, já não basta para apagar todas as dúvidas. Eu anseio por transformar nossas conversas em algo que possa ser vivido, tocado e lembrado para sempre. Marcado..."

A tensão aumentava e os silêncios entre as falas eram carregados de uma importância quase sublime, como se cada pausa fosse um convite para que a verdade se revelasse. Gerson respirou fundo e, com voz embargada pela mistura de desejo e cautela, disse:

> **Gerson:** "Selma, meu doce, sei que o anseio de tocar tua presença é imenso, mas preciso que compreendas... o caminho para um encontro verdadeiro exige tempo, paciência e a superação de certas marcas que, por enquanto, devo curar. Não quero que falhemos, nem que o brilho dessa paixão se perca num encontro apressado. O real, minha querida, virá novamente no momento certo, quando o destino se mostrar generoso o bastante."

O telefone vibrava com o som das emoções, e Selma sentiu que, entre as palavras, havia uma promessa tácita de que aquele amor, mesmo envolto em segredos, era forte o bastante para resistir. Ela riu, entre lágrimas e sorrisos, e continuou:

> **Selma:** "Ah, Gerson, você me faz querer dançar nas estrelas! Suas palavras são como um feitiço que me leva a acreditar que posso transformar até os momentos mais simples em eternos. Quero que saiba que, mesmo que hoje eu esteja dividida entre o desejo e a incerteza, cada noite em que o telefone toca, me faz sentir que o amor pode ser tão real quanto os sonhos que tecemos."

Gerson concordou, e sua voz ganhou uma tonalidade quase poética:

> **Gerson:** "Selma, cada palavra que trocamos é uma nota na sinfonia de nossos sentimentos. Mesmo quando o mistério insiste em nos envolver, sinto que estamos construindo algo belo – algo que desafia o tempo e até mesmo a mesma essência do nosso ser. Não posso prometer que o reencontro físico se concretizará amanhã, mas posso jurar que cada conversa é um degrau nessa escada de amor que subimos juntos."

Os minutos se arrastavam, e, no compasso das declarações e das entrelinhas, Selma não conseguia esconder a emoção que transbordava em seu ser. Ela se permitia sentir intensamente o calor daquele diálogo, enquanto lágrimas de desejo e de esperança marcavam seus olhos:

> **Selma (susurrando):** "Gerson, cada vez que falamos, sinto que estou me aproximando mais de ti. Quero que essas palavras, essas noites intermináveis, sejam o prenúncio de

um encontro que vá além do imaginário. Meu coração clama por algo real, por um abraço que me diga que tudo isso é tão verdadeiro quanto parece ser em nossos sonhos."

A voz de Gerson, carregada de uma ternura que só a verdadeira paixão pode oferecer, replicou:

> **Gerson:** "Minha amada Selma, sei que teu desejo é profundo e, a cada palavra, sinto teu coração pulsar com uma intensidade que me toca. Talvez, nesse exato instante, o universo esteja nos testando, guardando por um tempo o segredo do nosso encontro para que, quando chegar, seja ainda mais mágico e significativo. Mas, confie em mim: cada silêncio, cada pausa, é um convite para que o destino se faça presente."

Enquanto a ligação se aproximava do fim, os dois permaneciam imersos num diálogo que misturava o palpável com o etéreo, o real com o imaginário. Selma, agora com o olhar perdido na escuridão da noite que vislumbrava através de sua janela, anotou mentalmente cada palavra, cada sentimento. E em seu caderno, escrevera muitas vezes que:

> "O amor, mesmo que envolto em mistério e dúvidas, é a luz que guia os corações. Cada ligação é um suspiro da alma, e cada silêncio, uma promessa de um amanhã onde as estrelas se alinhem para revelar o que há de mais verdadeiro."

Gerson, sentindo a intensidade daquele momento, encerrou a ligação com uma última declaração, suave como um sussurro que se perde no vento:

> **Gerson:** "Selma, minha querida, agradeço por me permitir entrar em teu mundo com tanta confiança e beleza. Que

nossas conversas continuem a ser a ponte entre nossos sonhos e, um dia, a realidade. Durma bem, meu doce, e que o universo nos permita, em breve, reencontrar a forma perfeita de unir o que nossas almas tanto desejam."

Com essas palavras, o telefone silenciou. Selma ficou alguns instantes em silêncio absoluto, como se cada palavra de Gerson repousasse em seu coração, transformando dúvidas em esperança e incertezas em promessas. Em meio ao vazio da noite, ela sentiu que, apesar de tantas perguntas sem resposta, o amor que compartilhavam era tão intenso quanto verdadeiro.

Enquanto as últimas estrelas tremulavam timidamente no vasto manto noturno, Selma sentia o pulsar de seu coração se fundir com o silêncio acolhedor da madrugada. Mesmo exausta, após poucas horas de sono interrompido para cumprir seus compromissos no trabalho, ela carregava em seu íntimo a certeza inabalável de que, embora o reencontro físico com Gerson ainda permanecesse um sonho por concretizar, cada conversa – cada suspiro trocado ao telefone – tecia um caminho luminoso de amor, desejos, descobertas e entrega sincera.

Naquele exato momento, enquanto o frescor da madrugada se infiltrava sutilmente em seu ser, Selma abraçava a doce dependência de uma rotina que se transformava em ritual: o timbre do telefone era a chave que abria as portas de seu universo repleto de paixão e mistério, uma melodia que acalmava seus temores e acendia suas esperanças. Ela se permitia sonhar com o dia em que cada palavra, outrora suspensa no espaço virtual, se materializaria num toque, num olhar, num abraço capaz de desfazer todas as dúvidas e incendiar sua alma por completo.

Assim, com o coração leve, a alma transbordante e os sentidos aguçados pela expectativa de um novo reencontro – mesmo que, por ora, expresso apenas na cadência de suas ligações amorosas –, Selma se preparava para mais uma madrugada. Naquela noite, o silêncio e o pulsar das estrelas eram cúmplices de sua espera, enquanto cada palavra compartilhada com Gerson permanecia como um sussurro de um destino onde o real se tornaria, enfim, tão palpável quanto o calor que ela sentia no íntimo de todo seu corpo.

Capítulo 5 – Verdades e Dúvidas

Mais uma noite caía como um manto delicado sobre a cidade, e, para Selma, aquelas horas após as 22h eram sagradas, o tempo em que seu universo se transformava em um palco de pura intimidade. Sentada à beirada da janela em seu pequeno apartamento, ela observava as luzes piscando lá fora enquanto seu coração batia acelerado, antecipando o momento mágico em que o telefone novamente tocaria. Era nesse instante que ela se conectava com Gerson, aquele ser enigmático que, por meio de suas palavras, acendia em seu coração uma paixão avassaladora, desejante e, simultaneamente, despertava dúvidas profundas.

O aparelho tocava novamente e, com mãos ligeiramente trêmulas, Selma atendeu. E do outro lado, a voz de Gerson soava doce e carregada de emoção sincera:

> **Gerson:** "Alô, olá, Selma querida!"

Selma sorriu, sentindo uma onda de ternura. Em um tom descontraído, respondeu:

> **Selma:** "Alô, olá, Gerson, meu mui amado! Eu estava pensando em você agora mesmo – passei o dia inteiro com essa lembrança nos meus pensamentos. O que será, hein? (risos)"

Houve um breve riso do outro lado da linha, e Gerson replicou com suavidade:

> **Gerson:** "Que ótimo, que maravilhoso, querida Selma! Fico muito satisfeito, pois também pensei em você, sempre penso em você, todos os dias..."

Enquanto a conversa se desenrolava, o clima se inebriava de declarações e de leves brincadeiras, mas também de uma candura que ambas as almas desejavam preservar. Selma, com a voz carregada de expectativa, continuou:

> **Selma:** "E de verdade mesmo, Gerson, penso em você todos os dias, meu amor – são ligações, conexões, vibrações que se expandem entre nós e, quem sabe, do universo até nós. (risos) Quem sabe isso seja destino?"

> **Gerson:** "Talvez seja tudo isso, minha Selminha. Estamos ligados, meu amor... Talvez seja o destino que nos une.

Concordo plenamente, e tudo o que sinto é a certeza de que estes momentos são únicos."

A conversa prosseguia, mas a leveza logo deu lugar a uma sinceridade quase palpável, quando Selma trouxe à tona um sentimento que a há muito a atormentava:

> **Selma:** "Gerson, só queria te dizer que você cuidou muito bem do meu amor. Você sempre saciou minhas saudades e supriu minhas ânsias de carinho. Nunca houve amor maior que esse, e, sinceramente, como eu poderia esquecer de você... Como, Gerson, posso esquecer de ti?"

A voz de Gerson ficou embargada por uma emoção quase imperceptível, deixando escapar um tom de ternura profunda:

> **Gerson:** "Ah, Selminha, meu amor... Que lindo o que você diz! Essas palavras me deixam emocionado, e confesso que, neste momento, meu coração até se apertou de tanta emoção. Eu te amo, de verdade, e nada me faria esquecer de ti."

Selma não conteve uma lágrima, e num impulso descontido, pediu:

> **Selma (trêmula):** "Gerson, me abrace, por favor! Abraça-me! Estou chorando aqui... Mesmo que seja por telefone, preciso sentir teu abraço... Me abrace, Gerson, me abrace!"

Houve um silêncio breve; a respiração nas pontas do aparelho parecia carregar o desejo de um afago. Então, com uma voz suave e carregada de afeto, Gerson respondeu:

> **Gerson:** "Sim, meu amor, estou aqui contigo, envolto em pensamentos e calorosas recordações. Desculpe se minha voz te trouxe tanta emoção....

Selma sorriu através das lágrimas, sabendo que suas palavras tocavam um recanto de intimidade que ambas as almas compreendiam:

> **Selma:** – "Você apenas regou uma flor adormecida, e agora ela floresceu de verdade...Toda mulher é uma flor adormecida em alma e sentimentos. Quando é regada, desperta e floresce mais linda do que jamais foi. Mulheres precisam de amor, de constantes cuidados, para que possam retribuir com a mesma intensidade. Gerson, como eu precisava de ti aqui e agora, contigo do meu lado, não apenas virtualmente por um telefone público que você liga..."

Gerson respondeu com firmeza, a voz embargada pela sinceridade:

> **Gerson:** "Eu compreendo, Selminha, e sinto exatamente o mesmo. Eu sinto muito por essa distância, por essa noite em que estamos juntos apenas por estas palavras, mas meu amor por ti permanece inabalável."

Selma recobrou forças e, num tom determinado, buscou clareza:

— *Gerson, por que você só passou a me ligar agora, depois de tanto tempo distante? Por que não podemos nos encontrar? Por que você só me liga à noite? Por que tantos mistérios insistem em se erguer ao redor de nós, deixando-me com tantas dúvidas que corro em círculos em meu coração? Quero, sinceramente, saber a verdade, sem jamais te fazer sentir pressionado ou julgado. Preciso entender teus interesses comigo, os reais motivos do teu regresso... Você me compreende?*

Após um breve silêncio, repleto de pausas que pareciam pesar o universo, Gerson replicou com voz suave e honesta:

> **Gerson:** "Sim, querida Selma, eu compreendo perfeitamente. Eu também tenho tantas dúvidas e questionamentos...

> **Selma:** "Gerson… quero tanto saber por que, desde aquele dia em que a polícia entrou no nosso bairro, tudo mudou. Por que, desde então, parece que você fugiu, sumiu? São tantas questões que me atormentam e me deixam com dúvidas profundas…"

Gerson respirou pausadamente, e num tom que misturava pesar e compreensão, respondeu:

> **Gerson:** "Selma, minha amada, eu sei que aquele dia foi um divisor de águas para nós – para mim, para ti. Mas entenda que a vida é feita de muitos encontros e desencontros. Houve momentos tão intensos, tão revolucionários, que meu espírito se viu em conflito. Mas o mais importante é que eu regressei, por amor a ti, porque o sentimento que temos é maior do que qualquer sombra do passado. Eu te amo, e esse amor me impulsiona a querer estar sempre contigo, mesmo que a realidade insista em nos manter distantes."

A sinceridade na voz de Gerson fazia com que as palavras dele penetrassem nas entranhas do coração de Selma.

Ainda assim, a necessidade de clareza se fazia urgente em sua alma:

> **Selma (com a voz embargada):** "Gerson, eu não posso me deixar vagar sozinha. Não quero que você me deixe falando comigo mesma, com o vento... Preciso que você me responda: por que, então, todas nossas conversas são apenas por telefone? Quais são teus reais interesses comigo e com teu regresso? Por favor, seja sincero. Eu te amo, Gerson, e preciso dessa verdade para que nossos corações possam se reencontrar de forma plena."

Gerson fez uma pausa que durou o que pareceu uma eternidade. Então, num tom profundo, ele disse:

> **Gerson:** "Selma, minha amada, jamais negaria nem subestimaria teus desejos, nem os meus. Somos dois loucos apaixonados, dois corações que batem descompassados, mas que se encaixam numa dança de amor que desafia o tempo. Eu te entendo, sinto tudo o que você sente – e te asseguro, com cada fibra do meu ser, que não há nada que eu queira negar. O que temos é grandioso, e cada palavra, cada silêncio, é uma prova desse sentimento imenso."

Selma, entre lágrimas e sorrisos de alívio, deixou escapar:

> **Selma:** "Sim, Gerson, eu te amo. Mas, por favor, não me julgue e nem me fira pelo que aconteceu naquele dia – não jogue fora tudo o que vivemos, sentimos e sonhamos juntos. Preciso que nos mantenhamos inteiros, que nossas histórias não se percam pelo medo das sombras do passado."

Gerson, com voz firme, respondeu:

— *Selma, jamais imaginei poder ferir-te. Tudo o que fiz foi guiado pelo amor profundo que nutrimos. Se ainda restam dúvidas, que nossas palavras se erijam como a pedra angular da verdade que buscamos. Deixe que o amor que carregamos seja o alicerce que dissipe todas as incertezas que por aqui se acumulam.*

Após um breve silêncio, Gerson retomou com a voz suave, mas carregada de significados: — Selma, nós já estamos nos falando há meses. Esses meses se desdobram entre nossas longas conversas, onde cada ligação parece tecer um universo próprio de emoções. Para mim, o tempo se estende de maneira singular – como se cada chamada transformasse horas em uma tapeçaria infinita, onde o que para alguns seria breve se torna eterno para nós.

Sentindo o peso e a estranheza daquela afirmação, Selma não conteve a inquietação. Sua voz, embargada pela dúvida e pelo desejo de clareza, ecoou pelo silêncio entre eles: — Mas, Gerson... como pode ser que, para você, nossas conversas se estendam por meses, enquanto para mim elas se desdobram como dias intensos? Cada ligação – algumas que ultrapassam quatro horas – constrói um universo inteiro entre nós. Eu me perco nesse tempo: os teus "meses" se fazem promessas distantes, enquanto os meus "dias" são tão efêmeros, mas tão carregados de sentimento... Por favor, explique-me sem rodeios ou distorções. Preciso compreender o verdadeiro significado desse tempo que compartilhamos, para que meu coração não se perca em sua própria contagem de momentos confusos.

Após uma pausa carregada de silêncio, Selma continuou, a voz embargada pela mistura de amor, dúvida e um mistério que parecia se dissolver apenas uma parte do enigma:

— E, Gerson, por que esse tempo se torna um labirinto tão confuso? Por que, a cada ligação, sinto que me afundo em horas que não consigo medir, como se os momentos se transformassem em segredos sem resposta? Pergunto isso sem querer desvendar tudo, mas apenas para entender o que me escapa, esse tempo que me envolve e me deixa perdida entre o que somos e o que ainda não podemos saber.

— Selma, minha querida, entenda: quando digo que nossas conversas se estendem por meses, refiro-me à vastidão das emoções que se desdobram a cada palavra e silêncio compartilhados. Para mim, o tempo se alonga e se torna infinito quando o coração vibra intensamente. Não me entenda mal, cada minuto ao teu lado transcende a mera contagem dos segundos.

— Mas, Gerson, se para você são meses, para mim parecem dias tão intensos que me deixam perdida. Cada ligação – algumas que ultrapassam quatro horas – constrói um universo em volta de nós, mas ao mesmo tempo me confunde. Por que esse tempo se torna um labirinto de sentimentos, especialmente depois daquele episódio caótico – quando a polícia invadiu nosso bairro e tudo se tornou um turbilhão de incertezas? Por que você se afastou, fugindo dos nossos reencontros? Preciso compreender o real significado dessas horas que escapam, sem que soem como brincadeiras ou distorções.

Houve um denso silêncio, onde os ecos do passado e as dúvidas se entrelaçavam, antes de Gerson, com um tom carregado de pesar e resignação, responder:

— Selma, minha amada, aquele dia foi um divisor de águas em minha vida. Os gritos, o medo e o desespero daquela invasão deixaram marcas que palavras jamais poderão apagar. Senti, por um tempo, a necessidade de me afastar para que o destino nos desse o espaço para uma reaproximação mais sincera. Ainda assim, foi o teu amor que me puxou de volta, e cada ligação que faço é uma tentativa de preencher o vazio deixado por aquele momento sombrio, curando as feridas com a força do que compartilhamos.

O silêncio retornou, denso e revelador, até que Selma, com a voz embargada pela mistura de carinho, dúvida e uma ansiedade que parecia fugir ao tempo, lançou seu último apelo:

— Gerson, preciso que você não me deixe vagar sozinha nesse labirinto de incertezas. Não quero passar as próximas noites apenas ouvindo tua voz, imaginando a tua presença se materializar. Quero sentir que nosso reencontro é iminente, real e não uma ilusão que o tempo distorce. Por que, mesmo com tanta paixão, ainda somos prisioneiros de tantos fantasmas e dúvidas? Fala comigo com clareza, sem rodeios, para que eu possa entender de que forma esse tempo se transforma em mistério – e se, de alguma forma, esse mistério poderá ser desvendado entre nós.

Gerson respondeu, devagar, com uma ternura que misturava esperança e firmeza:

— *Selma, minha paixão, eu te entendo como ninguém. Jamais desejaria te deixar perdida nesse mar de interrogações. Prometo que, enquanto o destino nos permitir, continuarei a te ligar todas as noites, alimentando essa chama que nos mantém vivos. Nosso amor pode ser uma dança entre sombras e luz, mas é real e profundo, e juntos trilharemos o caminho para, aos poucos, desvelar os segredos desse tempo que compartilhamos.*

Um novo silêncio se instalou na linha, carregado de emoção e dúvidas, enquanto cada palavra pairava como uma promessa e um enigma que permanecia por desvendar, deixando no ar a certeza de que a verdade – e as respostas – se revelariam à medida que os corações se atrevessem a caminhar rumo ao desconhecido.

— *Gerson, por que me sinto tão presa nesse turbilhão temporal? Por que, em meio a tanto amor, me perco entre os ecos de horas e meses indistintos, como se cada chamado teu abrisse um portal para um universo onde tudo é belo, mas também assustadoramente incerto? Preciso entender por que essa espera, esse entrelaçar de sussurros e promessas, me deixa com tanta ambiguidade no coração, sem me permitir ter a certeza de que nosso reencontro não é apenas mais um segredo do tempo.*

Enquanto as palavras pairavam no ar, carregadas de tensão, confissão e um misto indefinido de esperança e medo, o silêncio voltou a falar por si só. O clima permanecia carregado de enigmas e sentimentos à flor da pele. Cada resposta parecia apenas aprofundar o mistério daqueles instantes, e, sem dar qualquer sinal de conclusão, o destino dos dois se mantinha suspenso na tênue linha entre o real e o incerto...

As palavras de Gerson mergulharam Selma num oceano de emoções, onde alívio e ansiedade se entrelaçavam de forma avassaladora. Lágrimas deslizaram pelo seu rosto, mas agora eram lágrimas que brotavam da esperança e da pura emoção, sinais de uma alma que se permitia renascer em meio ao mistério: " — *Selma, minha amada, mesmo quando o turbilhão de dúvidas e medos tenta te arrastar para o abismo da incerteza, saiba que meu amor é a rocha firme que te sustenta, o farol que ilumina até os caminhos mais sombrios, e prometo ser o abraço que desfaz toda a distância, para que cada suspiro teu se transforme em certeza e cada instante de insegurança floresça em confiança na plenitude do nosso reencontro real.*

— Gerson, meu amor, você sempre me fala com tanta beleza... Sinto que, ao seu lado, posso ser verdadeiramente inteira, sem máscaras ou reservas. Cada palavra tua é como a luz que desperta a flor adormecida dentro de mim, fazendo-a florescer de uma maneira que jamais imaginei. Mas, por favor, não me deixe presa nesse limbo de espera indefinida. Anseio ver teu rosto, tocar-te, sentir o calor do teu abraço – desejo que o tangível supere o virtual/telefônico, que nossos reencontros deixem de ser apenas ecos de telefonemas.

Um silêncio profundo e inquietante se seguiu, estendendo-se como se os segundos se transformassem em eternidade, carregando em seu âmago as incertezas do destino e o pulsar de um amor que se recusa a se apagar.

Depois de um instante que pareceu desafiar o próprio tempo, a voz de Gerson rompeu o silêncio, ainda embargada de emoção e uma calma enigmática:

— Selma, minha querida, o mistério que nos envolve é a própria magia que construímos. Sei que inúmeras perguntas pulsaram em teu peito e que a angústia por respostas te aflige. Mas a cada dia, mesmo que nossas conversas se dêem entre longas madrugadas, meu amor se intensifica, transcende a mera contagem das horas. Nosso destino é incerto, sim, mas a beleza do que compartilhamos mora justamente nessa dança entre o visível e o oculto – e a cada palavra, reafirmo que essa chama nos mantém unidos, mesmo quando o reencontro físico parece adiado.

O silêncio voltou a se impor, pesado e repleto de significados não pronunciados. Naquele breve intervalo, Selma não conseguiu conter o turbilhão de sentimentos que se agitou em seu interior. Com a voz embargada por uma mistura profunda de carinho e incerteza, ela desabafou:

— Gerson, por favor... me abrace! Mesmo que seja só um abraço imaginado, preciso sentir teu calor. Essa distância se transforma em um tormento que me faz duvidar se nossos reencontros serão mais que promessas vagas. Por que, em meio a tanto amor, ainda nos perdemos nesses labirintos de silêncio e mistério? Sinto que a cada toque sonoro teu, uma parte de mim fica à deriva, ansiando por um reencontro que transcenda as palavras e que seja real, palpável...

Um novo silêncio se espalhou pela linha, carregado de tensão e um misto de esperanças não realizadas. Finalmente, a voz de Gerson retornou, doce e resoluta, capaz de atravessar o tempo e o espaço:

— Selma, meu amor, te abraço com todas as minhas forças. Lamento cada segundo que essa distância insiste em se impor entre nós, e te asseguro que cada palavra tua é um tesouro que guardo no mais profundo do meu ser. Jamais permitirei que te sintas só; o brilho do teu amor ilumina o meu caminho, e enquanto o destino permitir, continuarei a te ligar todas as noites. Prometo trabalhar para transformar esse espaço em um reencontro real, para que um dia possamos finalmente unir nossos corpos e corações sem mais delongas.

— Outra coisa, Selminha, meu amor! A voz de Gerson cortava a madrugada, carregada de um mistério que Selma já pressentia a cada sílaba.

— Sim, diga, querido Gerson...! Estou um pouco confusa e assustada, mas me fale... Ela murmurava, tentando reunir forças enquanto o medo e a esperança se entrelaçavam.

— Eu não... — Meu nome é... — Selma, eu não sou G... — Sou o R... As palavras de Gerson se dispersavam em fragmentos, deixando um silêncio carregado de suspense e dúvidas.

— Eu não o que, Gerson?! Fale, por favor...! A urgência e o desespero se misturavam na voz de Selma, cada palavra um apelo por clareza.

— Eu preciso ir agora, Selma, meu amor... — Você me verá novamente, em breve... A promessa, envolta em incerteza, pairava no ar como um enigma sem solução.

— Gerson, pare com isso! Fale logo, vai, anda, por favor!? — Gerson, não desligue, não desligue, Gerson! Gerson, Gerson, Gerson! — *Por favor, espere, Gerson!* Os clamores de Selma ressoavam desesperados, sua voz se elevando em meio à confusão.

— Gerson!? Gerson?!!! — Alô, Gerson, alô, alô, Gerson, Gerson...!!! Num instante eletrizante, antes que Selma pudesse captar a última revelação, a ligação simplesmente se encerrou. No silêncio que se seguiu, o mistério permaneceu, e ela, envolvida por um choro profundo, ficou sozinha com as palavras de um adeus incompleto.

Enquanto o som da voz de Gerson se desvanecia lentamente e o telefone silenciava, Selma permaneceu alguns minutos em total silêncio, sentindo cada palavra como um toque em sua alma. Em meio à escuridão da noite e com os olhos ainda marejados de lágrimas, ela deixou escaparem pensamentos que se condensavam em seu caderno, numa escrita apressada, mas cheia de esperança.

Após o silêncio que se instalou com o desligar do telefone, Selma permaneceu suspensa entre o palpitar do agora e o enigma do incerto. Na penumbra da madrugada, cada palavra de Gerson ecoava como um sussurro que desvendava, sem revelar, os contornos de um sentimento que oscilava no tempo. A ausência de respostas claras tecia um cenário onde dúvidas e silenciosos questionamentos se misturavam à intensidade de um amor que se recusava a se definir plenamente. E assim, com o relógio marcando seu compasso discreto, Selma se deixou envolver pelo mistério, guardando em seu íntimo todo o poder e a fragilidade daquela promessa não escrita, onde cada pausa e cada suspiro contavam uma história que se recusava a ser decifrada.

Capítulo 6 – O Despertar da Verdade

A escuridão mácula de todas aquelas noites se dissipa lentamente com o som de passos apressados e a voz trêmula do Doutor Carlos. Foi num instante que o silêncio do quarto do hospital se rompeu – entre gemidos e a ansiedade dos profissionais – quando uma voz materna, carregada de esperança e desespero, ecoou pelos corredores: "Selma, minha filha, você está bem? Selma, você me ouve?" Aquela pergunta, carregada de amor e temor, veio seguida de um estrondo de emoção: "Doutor! Doutor! Ela acordou, a Selma acordou!" No mesmo instante, a vida, que por tanto tempo foi suspensa num sono profundo, despertava.

Selma abriu os olhos num movimento hesitante, como se cada centímetro da luz fosse novo e, ao mesmo tempo, angustiante. Seus olhos, ainda turvos e úmidos de lágrimas não derramadas, mergulhavam na penumbra do ambiente, tentando distinguir rostos, formas, a realidade que se fazia presente. O ar gelado do quarto contrastava com o calor das palavras que invadiam o ambiente, e o ritmo dos batimentos acelerados de seu coração revelava a luta interna de um ser que tentava retomar o mundo que fora deixado para trás. Ela falava com dificuldade, cada palavra carregada de confusão e de um déjà vu que misturava os devaneios dos sonhos com a realidade do despertar.

O Doutor Carlos, com uma voz serena, porém, firme, explicou em tom calmo aos presentes que, após mais de seis meses de coma, Selma começava a mostrar sinais de recuperação. "Ela está reagindo bem, mas ainda se encontra sedada. O quadro é complexo, contudo, seu corpo mostra resiliência", dizia ele, enquanto examinava os indicadores vitais e anotava cada detalhe. Seus colegas determinavam a esperança de que aquele despertar, embora incipiente, seria o primeiro passo para uma longa jornada de reabilitação.

Num momento de calma relativa, pelo lado da cama, Dona Glória aproximou-se de Selma com um misto de alívio e medo. Seus olhos, marejados de lágrimas, revelavam a força de uma mãe que jamais esmoreceria diante do sofrimento da filha. Lentamente, ela acariciou a mão de Selma, seus gestos impregnados de amor, e começou a murmurar palavras que selariam o destino naquele instante: "Minha filha, você acordou. Agora, você vai se recuperar, eu prometo." Mas, antes mesmo que Selma pudesse compreender todas as nuances daquele recomeço, a verdade que há muito se escondia precisou ser dita.

Em meio a um murmúrio contido e a uma sensação de que os devaneios noturnos ainda insistiam em se fazer presentes no subconsciente de sua filha, Dona Glória, com voz trêmula, revelou: "Selma, minha filha, escute com todo o teu coração: Gerson não existe." A frase pairou no ar, esmagadora, como se todo o universo se truncasse num segundo.

Selma, com os lábios entreabertos e as pálpebras tremendo, não entendeu no princípio. "Como assim, mãe? Gerson... Gerson?" – ela repetiu em um sussurro rouco, enquanto uma onda de desolação e incredulidade a percorria. Durante tanto tempo, aquele nome fora o refrão de suas longas noites de telefone, a personificação de um amor idealizado que a sustentava enquanto o silêncio do coma a envolvia em um universo particular. Agora, aquela revelação, dita com a voz carregada de lágrimas de sua mãe, dilacera sua alma, trazendo à tona uma fênix de sentimentos contraditórios.

O Doutor Carlos e os demais profissionais mantinham uma distância respeitosa, cientes de que aquele momento era íntimo e decisivo. Dona Glória continuou, num tom que misturava firmeza e tristeza: "Minha filha, você sofreu um trauma tão imenso que, durante os meses em que esteve em coma, seu coração, sozinho e ferido, criou Gerson para te amparar, para te proteger da solidão e da dor que te assolavam." Cada palavra da mãe soava como uma revelação dura, mas necessária, pois permitia que Selma começasse a distinguir o que fora construído para amá-la e o que era a fria e implacável realidade.

Enquanto essa verdade se espalhava, as lembranças de Selma, antes preenchidas por declarações apaixonadas e encontros imaginários com aquele homem perfeito, agora se desmanchavam em fragmentos amargos. Sua mente vagava, revivendo cada ligação, cada sussurro de amor, até que, num turbilhão de emoções, a memória de Rubens – seu verdadeiro companheiro – emergia como uma ferida aberta. Dona Glória, percebendo a inquietação de sua filha diante desse novo cenário, prosseguiu com a revelação que devastaria ainda mais o coração já dilacerado: "Minha filha, saiba também que você teve um relacionamento real. Você e Rubens estiveram juntos por quase dois anos e meio. Ele te amou com toda a sinceridade, mas... naquela tarde trágica, quando a polícia invadiu nosso bairro, quando o caos se instaurou com tiros, gritos e desespero, uma bala atingiu Rubens. Ele não resistiu. Ele morreu, minha filha."

O quarto, que até então fora um santuário de esperança e de renascimento, explodiu em um clamor silencioso de dor e incredulidade. Selma, atordoada, sentiu as palavras de sua mãe se cravarem em seu peito. "Rubens... Meu Deus, Rubens, como isso pôde acontecer?" — as perguntas saíam em meio a um choro que parecia querer rasgar a própria alma. A revelação da perda de Rubens, fruto de uma violência impiedosa que jamais deixava de ferir os mais vulneráveis, se entrelaçava com a descoberta de que Gerson, o eterno companheiro de suas noites de ilusão, era apenas um eco de um desejo reprimido, uma proteção imaginária do seu espírito. E do seu Rubens...

Soluços e lágrimas se misturavam enquanto Dona Glória tentava consolar a filha. "Selma, minha filha, entenda que o mundo lá fora é cruel. Os ricos são protegidos; nós, que vivemos na margem, sofremos as consequências. Rubens foi uma vítima dessa violência sistemática. E, minha filha, Gerson foi a maneira que sua mente encontrou para enfrentar essa dor. Você precisava de alguém que a amasse incondicionalmente, que preenchesse o vazio deixado pela solidão. Mas, infelizmente, aquilo que você acreditou ser amor intenso era fruto do seu trauma. E na sua mente em coma."

— *Mãe, me conta... como tudo aconteceu?* Selma, com os olhos cheios de lágrimas, implorava por respostas, sentindo no peito a angústia de não compreender o abismo que os separava daquele dia.

— *Foi quando a polícia entrou, Selminha. Os criminosos atiraram e a polícia revidou. Foram tantos tiros, tantas vítimas...* Dona Glória soluçava, cada palavra carregada de um sofrimento que parecia dilacerar a própria alma. *Isso tem que acabar! Meu Deus, meu Deus...* Entre soluços, sua voz se perdia em prantos que ecoavam a dor coletiva da tragédia.

— *Bem, minha filha...* — *Um dos tiros... as balas atingiram com ferocidade brutal* — *como se estourassem as costas do Rubens. Ele estava encostado a uma árvore, e, num instante congelado, uma bala o atravessou, atingindo também você, ferindo seu pulmão e chegando perigosamente perto do teu coração, o que te levou ao coma, devido aos ferimentos e à gravidade. Rubens...* A revelação saiu entrecortada, fazendo o tempo parecer suspenso diante do horror daquela memória.

— *Mãe, o que?!* O grito de Selma, embargado pela incredulidade e pela dor, se elevou enquanto lágrimas incessantes diluíam a esperança no tom desesperado de sua voz.

— *Minha filha, a bala o atingiu com uma força insuportável...* Dona Glória prosseguiu, tentando, sem sucesso, controlar o pranto que a consumia. *Ninguém socorreu o Rubens...Rubens...M..Mor..morre... A própria polícia o abandonou ali, caído no chão, como se ele fosse apenas um resíduo, um pedaço de carne velha, dilacerado e jogado ao relento. O caos se instaurou... Outras pessoas foram baleadas, feridas em uma desordem indescritível...*

Na sala, médicos com os jalecos brancos e os rostos marcados pela tristeza trocavam olhares silenciosos e lágrimas contidas, cada um compartilhando a dor da perda e da impotência diante daquele cenário devastador.

— *Isso foi o que relataram mais de quinze testemunhas... Muitos, porém, por medo, mantiveram silêncio sobre o que realmente aconteceu, sobre quem atingiu o Rubens. Não houve conclusões definitivas, e nenhum auxílio chegou, nem para a família dele, nem para a nossa...* A voz de Dona Glória se desfazia em lamento, enquanto o ambiente absorvia cada palavra como um golpe final em meio ao desespero.

— *Meu Deus, mãe...* O sussurro de Selma se perdia no ar, uma mistura de dor e incredulidade que permanecia, como um eco trágico, marcando o fim de uma história que se recusava a encontrar respostas definitivas.

— *Selminha, minha filha, há dois deuses neste mundo: um dos ricos, que tudo protege, e o deus dos pobres, que os deixa à própria sorte, talvez oferecendo apenas uns pequenos favores. Os ricos não morrem por bala perdida; se um tiro atinge um deles, recebem toda a assistência que precisam. Já nós, os pobres, somos alvejados por tiros incessantemente – como se essas balas fossem feitas especialmente para nós. (Choro)*

— *E assim, Rubens, que era um professor e inspirara tantos a pensar e sonhar, foi banalizado, transformado num número – um rastro de violência marcado para sempre em nossas almas. (Choro)*

— *Se homens e mulheres de berço nobre atirarem, são tratados com leniência; mas nós, que vivemos à margem, somos automaticamente rotulados como criminosos. É como se o sistema, frio e implacável, decidisse que nosso destino já estava selado, que somente poderíamos ser vítimas inevitáveis de uma violência fabricada contra nós mesmos. E assim foi com o Rubens, minha filha... (Choro)*

— *Vocês dois – ele e você – estavam bem, felizes; mas foram vítimas de um ato tão violento, inconsequente, criminoso e brutal. Somos coagidos, dia após dia, a silenciar essa dor. O Estado, as instituições, parecem conspirar para que jamais se fale a verdade. Toda a população do Rio de Janeiro, que deveria ser protegida, sofre com mais policiamento, brutalidade e tiros... É como se uma guerra se travasse contra nós. (Choro)*

— *Mãe, e o Rubens?! (Choro intenso, soluços dilacerando a voz de Selma)*

— *Minha filha, já houve o enterro do Rubens, até a missa de sétimo dia... Já se passaram meses. E você, minha preciosa Selma, estava aqui, lutando entre a vida e a morte, à beira do abismo de sua própria existência.*

— *Gerson não existe!*

— *Minha filha... Quem existia era o Rubens (Choro profundo) ... Mas isso, talvez, já não importe. Você só precisa se recuperar, ir para casa e, se possível, tentar retomar nossas vidas – vidas que jamais voltarão a ser as mesmas... (Choro seguido de soluços incontroláveis) Meu Deus! (Choro incontrolável)*

— *Mãe, não fique assim... Eu estou aqui, estamos aqui... Mas Rubens, onde estás? Por quê? Onde está o destino? Gerson... e você... (Choro que transcende as palavras) Meu Deus!!!*

— *Selma, minha filha, o que vamos fazer? O que faremos com as nossas vidas, ou com os pedaços que restam delas?*

Selma, com a voz embargada por lágrimas, solta um soluço profundo: — *Mãezinha, eu... o que vou fazer? Tudo parece ter desabado sobre nós...*

Dona Glória, com a voz trêmula, mas firme e repleta de uma dor ancestral, responde: — *Eu não sei, minha filha... Desde aquele dia, desde aquele horror, parece que tudo se perdeu. Meu coração chora por nós, por tudo o que fomos e pelo que jamais poderemos recuperar.*

As duas mulheres choram juntas, num pranto que se transforma num clamor silencioso pela esperança e em uma súplica desesperada para que o mundo não as abandone. Em meio a esse lamento, a porta se abriu devagar, e uma voz tímida interrompeu o pranto, trazendo consigo a sombra de novas incertezas.

Num instante de angústia, Selma, incapaz de conter o turbilhão que invadia seu ser, rompeu o clima com um grito carregado de dor e saudade, fundindo num único apelo os nomes que marcavam seu destino: — *Rubens! Gerson!*

— *Rubens!*

— Gerson!

O som desses gritos se espalhou pela sala, misturando-se ao choro incontrolável que varria cada recanto do silêncio, proclamando em cada palavra a angústia de um destino marcado pela dor.

Capítulo 7 – Ecos Revelados e o Último Sopro

Entre a dor esmagadora e a necessidade urgente de recomeço, Selma gritou em desespero: "Mãe, eu não sei mais o que acreditar! Tudo o que vivi, cada palavra que trocamos... como posso viver sabendo que fui inundada por tanta ilusão? Por que a minha mente precisava me enganar assim?" A voz dela, feita de um clamor desesperado, reverberava no ar enquanto mãe e filha choravam juntas, cada lágrima um testemunho da violência de um destino implacável.

Dona Glória, com os olhos repletos de compaixão e resignação, envolveu Selma num abraço apertado. "Minha querida, a verdade é dolorosa, mas é o primeiro passo para que você possa se reerguer. Ao encarar essa realidade, poderá sorrir de novo, mesmo que as cicatrizes permaneçam. Rubens, embora ausente, te amou de verdade. Gerson era apenas um eco, um consolo criado para que você não se afundasse na dor. Agora, minha filha, é hora de deixar para trás o que foi apenas uma fantasia e buscar o amor que reside na sua própria verdade."

As palavras de sua mãe, mesmo decididas e cheias de amor, ressoavam com uma dor que parecia fundir o tempo. Selma se deixava levar por uma tristeza que lhe roubava o fôlego, mas, ao mesmo tempo, uma luz tênue de esperança sugeria que a verdade, por mais dura que fosse, era o caminho para a liberdade. O ambiente do quarto, impregnado de lágrimas e dores, buscava renascer com a intensidade da esperança – onde a ilusão se dissipava e a realidade, ainda que cruel, oferecia uma chance de reconstrução.

Em meio a essa tempestade interna e clima, Selma não conseguia deixar de chorar pelo amor perdido, pela violência que ceifara Rubens e pela própria ilusão que a acompanhara por tanto tempo. Cada palavra dita por Dona Glória ajudava a descortinar a verdade que se mostrava, e cada choro era um passo doloroso rumo à aceitação.

Uma voz suave e distante, carregada de empatia e ternura, rompeu o clima do quarto:

— *Olá, posso entrar?!*

Entre as lágrimas, Selma, tentando clarear a mente em meio à tempestade de lembranças e pesar, perguntou com voz embargada: — *Quem é você? Quem é esse homem?*

Dona Glória, também com a voz trêmula, acrescentou: — *Quem é você?*

Um dos médicos, com a voz contida, respondeu: — *Ele é funcionário do hospital.*

Hesitante, o homem se apresentou: — *Me desculpem, senhoras, sou o faxineiro e vim limpar o quarto. Desculpem se cheguei na hora errada.*

Por um breve momento, Dona Glória se recompôs, forçando um leve sorriso, mesmo carregado de tristeza: — *Não, pode entrar, querido. Estamos... estamos bem. Faça seu trabalho, mas, por favor, seja breve.*

Dona Glória acenou com o olhar para sua filha Selma, sinalizando o consentimento para a entrada. Em resposta, Selma, com voz baixa e educada, murmurou: — *Tudo bem, pode entrar.*

O faxineiro, tentando manter a cortesia em meio ao ambiente tão carregado de dor, respondeu: — *Tudo bem, obrigado! Prometo ser breve, rápido, prático e eficiente.*

Dona Glória, com a voz melancólica, porém gentil, acrescentou: — *A satisfação é nossa, meu filho. Muito educado você.*

Selma, ainda com lágrimas nos olhos, sussurrou com gratidão: — *Obrigada, senhor.*

— *Obrigado, senhora Glória!*

— *Obrigado, nobre e gentil senhorita Selma! Respondeu o faxineiro a ambas.*

Após concluir com esmero o serviço no quarto, com um leve aceno de despedida, o faxineiro retirou-se pela porta, suas palavras ecoando suavemente pelo corredor enquanto deixava um resquício de humanidade em meio à dor.

(Quatro semanas depois...)

As semanas que se seguiram ao despertar de Selma foram marcadas por uma lenta assimilação da verdade. A realidade, antes dissimulada entre sonhos e devaneios noturnos, finalmente se impôs em cada gesto e em cada palavra dita por sua mãe. Selma tentava, com todas as suas forças, reconstituir a própria existência após a dolorosa revelação – que Gerson, aquele companheiro das longas conversas que a acalentaram no coma, era uma ilusão criada pela sua mente para aliviar a imensidão da solidão e da dor.

Mesmo assim, o tempo parecia se dilatar naquele ambiente de transição. Os corredores do hospital, impregnados de memórias e do cheiro medicinal dos dias que se vão, serviam de palco para a lenta reconstrução. Selma caminhava acompanhada por sua mãe, que, com os olhos marejados, mas o coração firme, tentava transmitir à filha a urgência de seguir em frente, de abandonar os fantasmas que tanto a afligiam.

Em meio a esse cenário de recomeços, um certo sentimento persistia no íntimo de Selma – um desejo ardente e inesgotável de que aquela paixão, mesmo quando fruto de sua própria defesa, fosse mais do que apenas uma ilusão. O amor que ela vivenciara nas longas noites de telefonemas, as declarações intensas que, mesmo agora sob a luz fria da verdade, ainda pulsavam em seu coração, não se dissipavam por completo. Em um quieto crepúsculo, enquanto o hospital se preparava para dar lugar a um novo capítulo de sua vida, Selma sentou-se sozinha em um recanto do corredor, mergulhada em pensamentos e na dolorosa tarefa de reconciliar o passado imaginado com a realidade nua e crua.

Em um dia que misturava alívio e a agonia de novos começos, Dona Glória anunciou, com a voz ainda carregada de cansaço e esperança: — *Selma, minha filha, você está bem melhor agora e está prestes a receber alta médica. Vamos começar a arrumar nossas coisas para deixar este hospital ainda esta semana. Eu não aguento mais ficar aqui, este lugar pesa demais sobre nossos corações.*

Selma, com os olhos marejados, respondeu num tom de resignação e desejo de liberdade: — *Eu entendo, mãezinha. Eu também já quero muito voltar para casa.*

Dona Glória, com um tom de voz terno, mas firme, perguntou: — *Você vai ficar na sua casa ou virá comigo, minha filha?*

Selma hesitou, olhando para as paredes frias que testemunharam tanto sofrimento: — *Não sei... ainda não decidi o que farei. Preciso pensar nesses próximos dias antes de irmos embora.*

Dona Glória suspirou, com uma voz que carregava tanto nostalgia quanto sabedoria: — *Tudo bem, filhinha. Faça o que for melhor para você, Selma. Lembre-se: desde os seus vinte e dois anos, quando você saiu para buscar seus estudos e trabalhar, nunca me trouxe problemas. Você sempre encontrou o seu caminho do seu jeito. Eu sei que não estarei aqui para sempre, minha filha. E, como dizem, os filhos pertencem ao mundo – eles seguirão suas próprias vidas.*

Por um breve momento, o silêncio se instalou ambiente, pesado e cheio de significado, como se o próprio tempo hesitasse antes de prosseguir. Entre lágrimas e suspiros, ambas sentiram o peso de um futuro incerto, enquanto as memórias do passado se misturavam a novas dúvidas e temores.

Selma, com as lágrimas escorrendo, rompeu o silêncio, com a voz trêmula e cheia de angústia: — *E agora, mãezinha?! O que vou fazer? O que vamos fazer com as nossas vidas... ou com o que restou delas, quando tudo parece ter se desfeito naquele dia terrível?*

Dona Glória, com a voz embargada por uma dor que parecia não ter fim, respondeu: — *Eu não sei, minha filha... Desde aquele dia, tudo desabou sobre nós como um peso insuportável.*

As duas sentaram-se, o som dos soluços preenchendo cada recanto, enquanto a dor do passado e a incerteza do futuro se entrelaçavam.

Após uma semana...

Quando o sol começou a adentrar as janelas do quarto, trazendo a promessa de um novo dia, Selma, ainda envolta em lágrimas, sentiu que, apesar de toda a devastação, aquele despertar marcava o início de uma nova etapa. A escuridão dos devaneios era agora substituída por uma realidade que, embora dura, permitiria a ela reconstruir sua vida com bases sólidas e verdadeiras.

"Olá, posso entrar, senhoras?"

Dona Glória: — "Ah, é o moço da faxina!"

Dona Glória: — "Pode sim, meu filho, fique à vontade. Entre e faça teu trabalho como de costume" *(risos e timidez)*.

Faxineiro: — "Obrigado, dona Glória! A senhora é sempre muito gentil."

Faxineiro: — "Aliás, você também, nobre Selma."

Selma *(sorrindo timidamente)*: — "Obrigada, meu rapaz!"

Dona Glória: — "Minha filha sorriu hoje. Meu pai do céu, o primeiro sorriso que deu desde que saiu do coma…"

Faxineiro *(com gratidão e generosidade)*: — "Nossa! Assim eu fico exuberante, dona Glória. Muito obrigado por me fazer sentir tão bem. Não sei se já fiz alguém sorrir antes.

Ainda mais em um hospital e tendo saído do coma recentemente. Obrigado mesmo!"

Dona Glória: — "Por nada, meu filho! Eu que lhe agradeço a tamanha educação, paciência, cordialidade e generosidade que você nos demonstrou durante todas essas semanas. Muito grata a você, ouviu?"

Faxineiro: — "Sim, dona Glória, ouvi sim, e mais uma vez, muito obrigado!"

Selma *(sorrindo timidamente e com um leve riso)*: — "Ganhei o dia de hoje... Você é o faxineiro que faz enfermos sorrirem".

Dona Glória: — "Você faz sim, meu filho... Você é muito educado, bondoso e alegre. Continue assim e que Deus lhe pague por tudo com tudo de bom."

Faxineiro: — "Obrigado, dona Glória."

Dona Glória: — "Selminha, minha filha, você está tão pensativa. O que foi?"

Selma: — "Nada, minha mãe... Apenas pensando...!"

Dona Glória: — "Tudo bem, minha filha. Eu vou comprar alguma coisa para nós duas ali no mercado do outro lado da rua. Você fique aqui bem quietinha, ouviu, Selma? E deixa o moço da faxina fazer o trabalho dele, tudo bem, minha filha?"

Selma: — "Sim, mãe, tudo bem..."

Dona Glória: — "Até mais, minha filha… Vou num pé e volto logo!"

Selma: — "Tudo bem, mãezinha! Estou bem e em paz, pode ir tranquila…"

Faxineiro: — "Sua mãe se preocupa com você, senhora Selma."

Selma *(com um sorriso surpreso e gentil)*: — "Meu Deus, senhora!" *(risos e timidez)*

Faxineiro *(timidamente): — "Desculpe, senhora, Ops... Senhorita Selma, se eu a ofendi."*

Selma*: — Nada, não ofendeu. Foi só o jeito, um pouco engraçado de dizer senhora (risos tímidos) ... O jeito, não sei, sei lá.*

Faxineiro: — "Mas, quanto a sua mãe, é verdade, ela se preocupa de verdade com você… Acho que todos nós preocupamos com alguém um dia nessa vida. Ainda mais com quem amamos. Talvez com várias pessoas, algumas, uma, não sei dizer…

Selma: — "Talvez com uns mais e outros menos… Sei lá" *(risos e timidez)*...

Selma (com certa timidez): — *Acredito que sempre nos preocupamos com quem amamos, e amamos muito. Acho que é isso, todos que amam se preocupam de verdade com quem amam...*

(Selma fica em silêncio, pensativa, enquanto a atmosfera se mistura entre lágrimas e risos, nessa estranha leveza que só a dor e o cuidado genuíno podem proporcionar.)

Faxineiro: — *"Bom, tudo já está arrumadinho, limpinho e cheiroso como nos outros dias. E vai continuar assim até a nobre senhora Selma receber alta médica" (risos e timidez).*

Selma: — *"Muito obrigada, meu rapaz!" (risos e timidez)*

Faxineiro: — *"Rapaz?! Opaaa!!! Ganhei o dia mesmo" (risos e timidez)... "Muito obrigado.*

Faxineiro: — *"Então vou indo! E, mais uma vez, obrigado mesmo, pelo rapaz" (risos e timidez).*

Selma *(timidamente):* — *"Por nada".*

Selma: — *"Ei, antes de você fechar essa porta e ir embora, me diga uma coisa?"*

Faxineiro: — *"Sim, sim, claro, pode perguntar, nobre Selma." (risos e timidez)*

Selma: — *"Você trabalha aqui há quanto tempo? E o que faz aqui?"*

Faxineiro: — *"Bom, sou faxineiro, e estou aqui... acho que uma semana antes de você sair do coma."*

Selma *(timidamente, com um riso entre a desconfiança e a emoção):* — *"Hum! Sim... Entendo."*

Faxineiro *(tímido):* — *"Então, até mais, senhorita Selma."*

Selma: — *"Ei, espere!!!"*

Selma *(com voz carregada de emoção):* — *"Você está aqui esse tempo todo, desde uma semana antes de eu sair do coma, você limpa meu quarto e é sempre tão atencioso, educado e eficiente no teu trabalho. Eu e minha mãe, por falta de educação — talvez tenhamos sido um pouco rudes e as vezes, até mesmo grosseiras ou sei lá, desculpe por qualquer coisa — nem lhe demos a atenção e o carinho que você nos ofereceu aqui... Desculpe pela não reciprocidade!"*

Faxineiro: — *"Tudo bem, sem problema algum. Isso faz parte do meu trabalho. É ético ser assim."*

Faxineiro *(cordial e tímido):* — *"Mas, muito obrigado, nobre senhorita Selma. Até mais!"*

Selma *(intrigada):* — *"Ei, espere, não vá ainda... Só me diga uma última coisa?"*

Faxineiro *(cordial e gentil):* — *"Sim, sim, claro, pode perguntar, nobre Selma."*

*(Entre soluços e com o coração pesado, Selma,
em meio às lágrimas, reúne forças para formular sua
última pergunta, deixando o silêncio carregar todo o peso
de suas dúvidas e esperanças...)*

— "Ei... espere, não vá ainda..." — Ela implorou, a voz carregada de uma antiga esperança que se recusava a morrer. "— Só me diga uma última coisa..."

O ambiente do corredor, encharcado de lágrimas e silêncios, fazia o tempo hesitar. Selma, com os olhos já inundados em prantos e a respiração pesada, encarava a figura que, em algumas ocasiões, estivera presente em seus devaneios – uma sombra, uma memória, ou talvez a última manifestação do amor que ela havia conhecido como refúgio. A figura se movia lentamente em direção à porta. Seu olhar, permeado de dor e de um mistério que ainda não se desvelava por completo, implorava por algo que pudesse preencher o vazio que persistia em seu ser.

— "Sim, sim, claro, pode perguntar, nobre senhorita Selma." — A voz dele soou suave, mas firme, afirmando sua presença naquele momento decisivo e memorável.

Com os olhos ardendo em lágrimas e o choro ofuscando até as palavras, Selma, entre prantos e solenes soluços, conseguiu articular, com uma clareza que misturava a dor do adeus com a urgência de um novo recomeço:

— "Qual o teu nome?"

O som da pergunta ecoou no recinto, carregado de uma esperança desesperada, enquanto a figura fazia uma pausa para respirar fundo, como se o próprio tempo contivesse aquele instante. Seu olhar se aprofundou, e num murmúrio final, repleto de carinho e de um enigma que se recusava a ser completamente desvendado, ele respondeu, com a voz que Selma, mesmo agora, jamais esqueceria:

— "Gerson, a tua disposição, nobre e estimada senhorita Selma."

E assim, naquele último suspiro de emoção, enquanto Selma tentava compreender a verdadeira natureza daqueles encontros – se o amor que ela vivera fora apenas a criação de um coração em desespero ou se, de alguma forma, algo indelével permaneceria –, o destino deixava escapar sua última e inexplicável mensagem.

Epílogo

E assim, quando as últimas palavras se dissipam como a brisa suave do entardecer, o mistério persiste. A jornada de Selma, marcada por encontros e devaneios, deixa em aberto o que é palpável e o que se faz presente na imaginação. Em um recanto silencioso de um velho corredor, onde a verdade se mistura com o sonho, uma voz suave ressoa, insistente e cheia de uma esperança que se recusa a naufragar.

— "Ei... espere, não vá ainda..." — Ela implorou, a voz carregada de uma antiga esperança que se recusava a morrer. — "Só me diga uma última coisa..."

O ambiente, envolto em lágrimas e em um silêncio que parece desafiar o tempo, congela cada segundo. Selma, com os olhos transbordando de prantos e a respiração pesada, encara a figura que, em momentos indecifráveis, se manifesta para preencher o vazio de seu ser. Seus olhos, cheios de dor e um enigma inabalável, suplicam por uma resposta que ecoa nas profundezas do coração humano.

— "Sim, sim, claro, pode perguntar, nobre Selma." — A voz dele, suave, mas firme, afasta momentaneamente as sombras.

Num último e desesperado sussurro, os lábios de Selma tremem ao formular a pergunta que parece selar o destino dos amores que oscilam entre realidade e fantasia:

— "Qual o teu nome?"

O som da pergunta ecoa, imperdoável em sua sinceridade, enquanto o homem respira fundo e, num murmurinho carregado de carinho e mistério, responde:

— "Gerson, a tua disposição, nobre e estimada senhorita Selma."

E assim, este final deixa um convite pendente: o amor, o mistério e a verdade dançam um balé imperfeito que desafia o tempo, instigando cada leitor a se perguntar – o que é real, e o que existe apenas nos recantos de um coração que se recusa a morrer?

Nota Final para o Leitor

Entre os ecos das conversas noturnas e os devaneios de uma mente que precisou criar refúgios para sobreviver à dor, restam perguntas que o tempo não responde facilmente: Será que Gerson existiu em algum nível, como um ideal de amor e proteção? Ou o faxineiro, cuja presença pontual nos corredores, foi apenas mais um detalhe insignificante em uma história de sobrevivência? O mistério permanece aberto, instigando o leitor a questionar onde termina a ilusão e começa a realidade, e se, finalmente, o amor verdadeiro é construído por nossos medos, sonhos e as cicatrizes que carregamos.

www.ingramcontent.com/pod-product-compliance
Lightning Source LLC
LaVergne TN
LVHW010239200726